長編時代小説

賄《まい》賂《ない》千両

蔵宿師善次郎

早見　俊

祥伝社文庫

目次

第一章　大仕事

一

「丁だ」

紅月善次郎《あかつきぜんじろう》は気合いを込め駒を横向きに置いた。金二両分、手持ちの駒全てである。両の掌《てのひら》が汗ばんだ。きりりとした切れ長の目が大きく見開かれ、たらこのように分厚い唇が固く引き結ばれる。大きな鷲鼻《わしばな》からは鼻息が漏れ、こめかみがぴくぴくと動いた。

「丁、半駒が揃いました」

壺に視線を向ける。白魚のようにほっそりとした指先が壺にかかった。胸が締め付けられる。堪《たま》らない瞬間だ。「丁よ出てくれ」念じる暇《ひま》もなく壺が開けられ、

「五、二の半」

色っぽい声で告げられた。博打場《ばくち》に歓声とため息が混じり合う。胸のつかえが取れ、代わりに虚《むな》しい風が吹きすさんだ。無情に取り上げられる駒には目もくれず、燭台《しょくだい》の蠟燭《ろうそく》に照らされた壺振り師に視線を注《そそ》いだ。

女である。

しかも相当にいい女だ。勝山髷《まげ》に結《ゆ》った髪を飾るのは朱の玉簪《たまかんざし》だけ。だが、濡《ぬ》れ羽《ば》色に艶《つや》めく髪にはそれで十分だ。顔も髪同様、化粧気がなく、紅《べに》を申し訳程度に注《さ》しているだけだ。それでも、くっきりと整った目鼻立ち、濃い睫毛《まつげ》が微風に揺れ匂い立つような色香《いろか》を放っていた。片肌脱ぎになった背中に観音菩薩《かんのんぼさつ》の彫り物が覗《のぞ》いている。

このため、賭場《とば》では観音のお竜《りゅう》と呼ばれていた。

ここは、下谷池之端七軒町《したやいけのはたしちけんちょう》、不忍池《しのばずのいけ》の畔《ほとり》にある直参旗本二千石山村清之助《せいのすけ》の屋敷である。中間《ちゅうげん》部屋に設けられた賭場だ。善次郎がこの賭場に通っているのは、三河《みかわ》以来の名門旗本の屋敷という、まずは手入れがない安全な賭場ということもあるが、むしろお竜に興味を持ったからに他ならない。

「宿師《やどし》の旦那、駒を回しましょうか」

宿師とは蔵宿師《くらやど》、直参旗本や御家人の代理人となって札差《ふださし》相手に借金の掛合いをする。依頼主である旗本や御家人の身内、もしくは家来と称し札差の所へ行き、脅《おど》したりすかしたり、時には腕っ節にものをいわせて強引に金を借りることを生業《なりわい》としている。善次郎がこの賭場を知ったのも、雇い主である旗本から絶対に手入れの心配がない賭場と紹介されたからだ。

「今晩はいい。運に見放されたようだ」

善次郎は腰を上げた。また、お待ちしております、という声を背中に帳場に向かう。

「紅月の旦那、いつもありがとうございます」

帳場で賭場を預かる仁吉《にきち》という男が丁寧《ていねい》に頭を下げた。鉄火場には不似合いなほどに人当たりの良い男だ。三十路《みそじ》半ばの働き盛りで、善次郎と接する時には笑みを絶やさず、物腰柔らかなその所作はいつも帳場に座っていることと相まって商家の番頭のようだ。善次郎は預けておいた大刀を受け取ろうとした。すると、子分が仁吉の横にやって来て耳元に口を寄せた。仁吉からすいませんと謝るような目を向けられ、了承したようにうなずく。

聞くともなしに二人のやり取りが耳に入ってくる。賭場でいさかいがあったようだ。負け続けの客がいかさまだと騒いだらしい。

「これで、三度目です」

子分が言うと、

「出入り止めだな」

「焼き入れてやりますか」

「相手は堅気《かたぎ》だ。顔はいけねえぜ」

仁吉の三白眼《さんぱくがん》にぞっとするような冷たさが宿った。しかし、それもほんの一瞬のことで、すぐに温和な表情に戻った。仁吉の本性を垣間見《かいまみ》たようだ。素性を知らないし、知りたいとも思わない。どうせ、この賭場で顔を合わせるだけだ。やくざ者と昵《じっ》懇《こん》になることはない。

「また、いらしてくださいまし」

満面の笑みを送ってくる仁吉に善次郎は、「ああ」とぼそっと返し、預けておいた大刀を受け取った。刃渡り三尺という長寸の刀だ。身の丈六尺（約一八〇センチ）に近い善次郎の腰に納まっても、朱色の鞘《さや》と相まってひときわ目を引く業物《わざもの》である。今夜の負けは三両だ。一昨日の晩は一両儲《もう》けた。その前は……。よく覚えていないが、浮いてはいないだろう。一々、勘定していたのでは博打はできない。博打で身を持ち崩すつもりはないが、一攫《いっかく》千金《せんきん》を攫《つか》もうという野心もない。

　壺が開けられる瞬間の胸のときめきを味わいたいのと、お竜見たさに通っている。近頃ではお竜目的と言った方がいいのかもしれない。きりっとした美しい面差《おもざ》し、艶めいた声、勝負が進むにつれほんのりと赤らむ肌、通えば通うほど引きつけられている。

「ピンゾロの丁」

　お竜の声を耳に刻み、中間部屋を出ようとしたところで、

「旦那、ちょっとよろしいですか」

仁吉に呼び止められた。

「今晩はもういいんだ。このところ、懐《ふところ》具合が寂しいのでな」

　特に金に不自由してはいないのだが、今晩は乗り気がしない。

「いえ、そうじゃないんです」

　仁吉は周囲を憚《はばか》るように三白眼を走らせた。客たちは博打に興じており、誰も善次郎に注意を向けてくる者はいない。大店《おおだな》の商人、僧侶といった身元確かな連中ばかりだ。

「ま、どうぞ、こちらへ」

仁吉に誘われ玄関脇の座敷に通された。賭場に数十両単位で金を落としてくれる上客のみが通される特別室だ。善次郎とは無縁の部屋である。中間長屋にあることから、特別に飾り立ててはいないが、高価な百目《ひやくめ》蠟燭がふんだんに灯《とも》され、畳は青々とし、清潔感が漂う空間となっていた。

徳利《とつくり》と食膳が用意してあった。肴《さかな》は、

「ほう、鰹《かつお》か」

思わず口に出したように鰹のたたきだ。

「初鰹ですよ」

「これはまたずいぶんと贅沢《ぜいたく》だな」

この時代、初鰹は女房を質に入れてでも買えと言われたように珍重された。一本、数両の値《ね》がつくことも珍しくはない。こんな贅沢なもてなしを受ける心当たりはない。嫌でも警戒心が湧いてくる。いぶかしむ善次郎を膳に座るよう促《うなが》してから、

「ここで、少しお待ちください。出て行かねえでくださいね」

仁吉は釘を刺してから部屋を出た。

「まさか、毒などは入っておらんだろう」

鰹に箸《はし》を伸ばした。生姜《しょうが》を絡ませ醬油に浸《ひた》した分厚い鰹の肉を口に入れた。口の中

一杯に初鰹の初々《ういうい》しい味が広がった。正直言って、初鰹よりも脂《あぶら》の乗った戻り鰹を善次郎は好む。しかし、初鰹を食しているのだという満足感から頬が綻《ほころ》んでしまった。

猪口《ちょこ》に注いだ酒に武者窓から差し込む月の光がきらりと弾けた。

酒も清酒である。上方からの下り酒だろう。にごり酒を飲みなれた善次郎の舌には上品過ぎる味わいで、いくらでも喉を通りそうだ。鉄火場から開放され、腰を据えて飲食を楽しんでいると新緑の香や涼風を感ずることができた。立ち上がり、格子《こうし》の隙《すき》間《ま》から夜空を見上げる。雲間に満月が煌々《こうこう》と輝き、月見酒を楽しみたくなった。

すっかり、いい気分になったところで、

「失礼申す」

襖《ふすま》越しにしわがれた声がした。

「どうぞ」

現実の世界に引き戻され腰を落とした。襖が開き、初老の侍が入って来た。

「山村清之助さまの用人で内藤掃部《かもん》と申す」

内藤は堅苦しいくらいの態度で挨拶をすると膳の前に座った。黒紋付の羽織といい、きちんと折り目がついた仙台平《せんだいひら》の袴《はかま》といい、名門旗本の用人を務《つと》めるだけあって身形《みなり》に隙はない。白髪雑じりの髪はきちんと髷が結われ、月代《さかやき》も髭も剃《そ》り残しというものがなかった。口元を引き締めているせいか、神経質そうに映る。何故《なぜ》かわからないが、こういう男には用心しろと心の奥底で警鐘が鳴らされた。

善次郎も名乗り内藤の言葉を待つ。

「紅月殿は腕利きの蔵宿師とか」

内藤は探るような目を向けてきた。

「腕利きかどうかはともかく、依頼主を絶対に裏切らぬこと、且つ、期待通りの掛合いをすることを信条としております。目下のところしくじりはただの一度もございません」

少しの躊躇《ためら》いもなく答えた。内藤は善次郎の自信に満ちた態度に得心が行ったのか深くうなずいた。

「今晩、お引止めしたのは他でもござらん。我が主《あるじ》の代理となり、札差と借財の交渉をしていただきたいのでござる」

「蔵宿師でございますので、お引き受けするのはやぶさかではござらん」

「かたじけない」

「で、いくら引っ張ればよろしいのです」

蔵宿師の仕事の依頼と聞き、安堵《あんど》して猪口に手を伸ばした。だが、内藤の答えは善次郎に再び緊張を強《し》いた。

「千両でござる」

猪口に伸ばした手が止まった。これまで、交渉してきたのは五十両から百両くらいだ。法外な金と言える。内藤は再度、

「千両を借り受けていただきたい。借り受け先は蔵前《くらまえ》の札差上総《かずさ》屋、よろしいか」

善次郎は気圧《けお》されまいと胸を反《そ》らし、

「千両とはずいぶんと大金でございますな」

極力驚きと戸惑いを押し殺して問いかけた。

「いささか、物入りでございましてな」

内藤は立ち入るなとでも言いたげに目元を厳しくした。そうなると、かえって理由を知りたくなる。

「差し支えなかったら、わけをお教え願えまいか」

「それは、当家の内情に関わることでござる。わけはお聞かせできませせぬ」

「無理に話したくないとおおせなら、聞きますまい。直参旗本二千石という大身のお家柄、それなりに物入りがあったとしても不思議ではございませんからな」

「いかにも。して、お引き受けくださるか」

内藤は徳利を持ち善次郎に向けてきた。遠慮することなく酌《しゃく》を受けると、

「わたしの仕事は蔵宿師、お引き受けするのは当然です。ですが、お引き受けする前にわたしの手間賃を決めておきましょう」

内藤は嫌な顔をせず、

「そうでしたな。これは、迂闊《うかつ》でした。おいくらならお引き受けいただけるものでしょう。当家はあまり、借財をしたことがございません故《ゆえ》、相場というものがわかりません」

その表情からは満更嘘《まんざら》をついているようには見えなかった。体面を取り繕《つくろ》っているわけではないのだろう。札差から借金をしなくても暮らしが成り立ってきたに違いない。そう言えば、今の当主清之助の父は普請《ふしん》奉行、長崎奉行を歴任したと聞いた。相当な蓄財があると想像できる。それに、博徒に賭場を提供しているのだ。寺銭《てらせん》も大きな収入に違いない。そんな山村家が急に物入りとなった。しかも千両という大金である。

きっと、表に出せない金に違いない。それも急ぎ必要なのだろう。それなら、

――吹っかけてやるか――

そんな気持ちなど露ほども顔には出さず、

「そうですな、借り受けた金の二割、というのが相場でしょうか」

それまで落ち着いていた内藤の目が丸くなった。

「二割……。二百両でござるか」

「いかにも」

猪口を口に運び美味《うま》そうに飲み干した。

「二百両はちと……」

内藤は渋い顔になった。かしこまった内藤の戸惑いを見たら意地の悪い満足感がこみ上げた。欲を出して仕事を依頼されなければ元も子もない。ここは掛合いを任されることが大事だ。

「相場は二割ですが、千両という高額、それに、こちらの中間部屋には何かと世話になっておりますからな、半分の一割、百両に負けておきましょう」

現金なものでたちまち内藤は破顔した。

「かたじけない」

「なんの、で、いつまでに用立てればよろしいのですか」

「五日のうちになんとかしていただきたい」

「今日は四月の十五日、四月二十日が期限ですな」

「文政《ぶんせい》三年（一八二〇）の四月二十日までにご用立ててくだされ」

内藤は念押しするように年月日を明確に示した。

「わかりました。お任せください」

善次郎は初鰹を頬張り酒を飲んだ。

二

山村屋敷を出るとほろ酔い加減で鼻歌が口をついた。夜風が酒で火照《ほて》った頬をやさしく撫《な》でてくれる。不忍池の畔を酔い覚ましがてら歩く。満月が池の水面《みなも》に映り込み、小波《さざなみ》に揺れている。時折、鯉《こい》が跳ねる音がする。蓮の葉が黒い塊《かたまり》となって浮かんでいた。と、目の前を女が歩いている。月夜の晩に女狐《めぎつね》でも出たのかと視線を凝《こ》らすと、観音のお竜とわかった。胸が疼《うず》く。酔いが味方し、自然と声がかけられた。

「姉さん、よかったら一杯どうだい」

お竜は振り返り、

「お侍、今晩は負けたんじゃなかったのかい」

にこりともせずに返してきた。この女、おれのことを気にかけていたのかと警戒心と喜びが入り混じった。

「美人に一杯おごる金くらいは持ち合わせているさ」

「じゃあ一杯だけご馳走《ちそう》になろうかね。丁度、喉が渇《かわ》いていたところさ」

お竜は誘いに乗ってきた。こんなにもあっさりつき合ってくれるのなら、もっと早く声をかけるのだったと、後悔しながら畔を抜け、池之端に至った。池之端は飯盛《めしも》り女を置く料理茶屋、いわゆる岡場所が軒を連ねている。五つ半（午後九時）を回ったのに賑《にぎ》やかな声がし、往来には遊び客や客引きたちで満ちていた。

縄暖簾《なわのれん》を見つけ中に入る。まばらに客が入っていた。小机で向かい合い、

「おれは、紅月善次郎という。蔵宿師だ」

善次郎は徳利を差し出した。お竜は白魚のような指先で猪口ではなく茶碗を取り上げた。どうやらいける口らしい。

「宿師の旦那かい。どうりで羽振りがいいと思ったよ」

「羽振りはよくないさ。勝ったり負けたり、負けの方が込んでいる」

善次郎は自嘲気味な笑いを浮かべた。

「で、あたしを誘ったのは」

お竜は無表情である。

「そら、興味を持ったのさ」

「女だてらに壺振りなんかしているからかい。それとも、背中の彫り物が気になるのかね」

「両方だ。観音のお竜って女がどんな女なのか知りたくなったのだ」

「なんで、知りたくなったのさ」

「惚《ほ》れたからだ」

言ってから照れをごまかすように笑みを深めた。

「言葉を交わしたこともない女に惚れたの」

お竜はきつい目をして茶碗の酒を一息に飲み干した。ふうっと息を吐く様子が妙に色っぽい。惚れ惚れするような飲みっぷりだ。

「惚れるのに言葉なんか必要ないさ」

「お侍にしてはずいぶんと軽いお人だね。要するに、あたしの身体が欲しいってことだろ」

「欲しい。でもな、それだけじゃない。観音のお竜という女をとことん知りたくなったのだ。心の奥底までもな」

善次郎は再び徳利を向けた。

「観音のお竜を知るには寝なければいけない、って言いたいのかい」

お竜は目に妖艶な光を立ち上らせ茶碗を差し出した。善次郎が徳利を傾けると、

「残念だね」

お竜は茶碗を満たすと、そのまま善次郎の顔目掛けて酒を浴びせた。

「早く、帰って寝たほうがいいよ」

お竜は立ち上がった。

「きつい挨拶だな」

善次郎は着物の袖で面を拭《ぬぐ》った。

「ご馳走さま」

お竜は腰を上げた。

「おい、待て」

「一杯だけつき合うって話だったじゃないのさ」

お竜は甘い残り香と苦《にが》い仕打ちを残して去って行った。月影にすらりとした背中が映し出される。着物を着ているにもかかわらず、観音菩薩の彫り物がくっきりと見えるようだ。

「益々、惚れたぜ」

善次郎は独りごちた。

善次郎の住処《すみか》は上野黒門町《くろもんちょう》の長屋である。米問屋相模《さがみ》屋十兵衛《じゅうべえ》が家主の長屋だった。その長屋にあって間口三間の二階建長屋に住んでいる。一階は六畳と八畳、裏には猫の額《ひたい》ほどの庭が付いていた。

戸を開けると、行灯《あんどん》が灯《とも》されている。いびきが聞こえてくる。

「おい、起きろ」

善次郎はお竜に肘鉄を食らったことの腹立ちをいびきに向かってぶつけた。

「ええ」

もごもごと寝ぼけたような声がした。

「掛合いが決まったぞ」

布団に横たわった男の身体を揺すった。五尺（一五〇センチ）そこそこの小柄な男だ。

「あ、あ～あ」

男はあくびを漏らしながら眠気を払うように肩をぐりぐりと動かした。横に五合徳利が二本転がっていた。酒臭い息を吐きながら、

「掛合いってなんです」

と、のっぺりとした顔を向けてきた。うわばみの助次《すけじ》という。以前は十手持ちをしていたが、博打と酒で身を持ち崩した。ある賭場で負けが込んで暴れ、やくざ者に命を奪われそうになったのを善次郎に助けられた。それからというもの善次郎に小判鮫のようにつきまとい、今では手下として寝食を共にしている。手下にしてみると、元岡っ引だけあって探索の腕は中々のもので、ずいぶんと役に立つ。あだ名の通り、酒はいくらでも入る、まさにうわばみだ。

「よくまあ、一日中酒を飲めるもんだな」

呆れるように語りかけると、

「あたしゃ、酒だけが楽しみですからね」

助次はけろっと返した。自称二十五歳だが、年中酒を飲んでいるせいか肌に艶がなく、青瓢箪《あおびょうたん》のような風貌《ふうぼう》は、十歳は老けて見えた。

「掛合いだ、しかも大きな」

善次郎は目をしばたたいた。

「どんな、掛合いですか。その顔つきじゃでかそうですね」

「直参旗本二千石山村清之助の依頼で、札差上総屋から千両を引っ張る。礼金は百両だ」

「へえ、そいつは凄《すげ》えや」

助次は目を覚まそうと両の瞼《まぶた》をごしごしとこすった。

「やりがいがあるだろ」

「そりゃもう気合いが入りますよ。でも、上総屋といやあ、相当に大きな札差ですよ」

「そんなことは知っているよ。かつての十八大通《だいつう》にも劣らないって評判だぜ」

善次郎は吐き捨てた。上総屋には行ったことも恨《うら》みもないが、札差というだけで腹が立つ。

十八大通とは宝暦《ほうれき》年間（一七五一～一七六四）から天明年間（一七八一～一七八九）にかけて活躍したその時代の江戸を代表する通人である。十八という数は単に多数という意味でその多くが札差だった。彼らは男伊達《だて》を競い吉原などで大金を惜し気もなく粋《いき》に使うことを競った。

「そればかりじゃねえんですよ」

助次は酒を飲もうとしたが、徳利が空なのに気づき、舌打ちした。

「なんだよ」

「最近、凄い対談方を雇ったって話でさあ」

対談方とは札差が蔵宿師対策に置く交渉人である。その職務柄、口八丁手八丁の者が選ばれる。

「どんな奴だ」

「直接は見たことはねえんですが、なんでも、弁が立つばかりかえらく肝《きも》が据わっていて、その上、めっぽう腕っ節が強い男らしいですよ」

「鬼に金棒のような男だな」

「相当に覚悟を決めてかからねえといけませんや」

「わかっているさ。骨のある対談方と勝負できるとは、蔵宿師冥利《みょうり》に尽きるってもんだな」

「そんな悠長なこと言っていいんですか」

「まだ、会ってもいない相手だぞ。絶対に負けるものか、と心を鼓舞《こぶ》するしかないだろう」

「まあ、そりゃそうですがね。前もって下調べをしてきますよ」

「頼む。山村の方もな」

「依頼主の方もですかい」

助次はいぶかしむように眉根を寄せた。

「直参旗本二千石、金に不自由なかった殿さまが急に千両もの大金を必要としている。博打の寺銭だって相当なものだぞ。なにせ、山村屋敷の中間部屋は安全と評判だからな。客筋もいい。大店の主、坊主といった連中がやって来てわんさか金を落としていく。しこたま儲けているさ。だから、これまで、借金の必要はなかったんだ。それが、急に千両必要になった。きっと、深いわけがあるに違いない。しかも、世間には漏らせない理由がな」

善次郎は一気に捲《まく》し立てた。助次はふんふんと聞いていたが、

「なるほど、これは匂いますね」

「おれが、察するところ猟官運動だな」

「御公儀のお役職に就きたいということですか」

「山村は小普請組だ。親父は普請奉行や長崎奉行を務めた。自分だって何らかの役職に就きたいとしても不思議はない。歳は確か三十五、ここらが潮時だろうな」

善次郎は思案するように天井に視線を凝らした。

「探ってみますよ。探ってみますけど、山村さまが千両を必要とするわけなんか知ってどうするんです」

「役に立つかもしれんではないか」

「上総屋から千両借り入れる上で、ですか」

「それもあるが、山村からの手間賃の上乗せにも役に立つだろう」

「それをネタに強請《ゆす》るんですね」

助次は非難する風ではなくうれしそうな顔をした。

「強請るなどと、人聞きの悪いことを言うな。掛合いだよ、掛合い。蔵宿師たる者、少しでも掛合いを有利に進めるネタを見つけるのはあたり前のことだ」

「そりゃ、そうだ。こいつは面白いや。うまくいけば、百両じゃなくて二百両ももらえるかもしれませんね」

助次は舌なめずりをした。善次郎は受け取った手間賃は助次と二分しようとしてきたが、助次は手下が親分と同じでは道理が立たない、自分は三分の一でいいと、それ以上は受け取ろうとしなかった。そんな点は妙に律儀だ。だが、善次郎は無理にでも半分を受け取らせることにしている。一旦、言い出したら聞かない善次郎に助次は折れるようになった。

「ぬか喜びはできんがな」

「夢は大きく持ちませんとね」

「そういうことだ。なら、二百両手にした夢でも見るか」

善次郎は仰向けになった。

三

翌日、善次郎は地味な灰色地の小袖を着流し、谷中《やなか》本村護国山天王寺の裏手にあるひなびた寺に足を向けた。幸集寺《こうしゅう》という浄土宗の寺だ。さして大きくはない。築地《ついじ》塀《べい》は所々穴が開き、そこから子供たちが出入りしている。一見して貧乏寺とわかる。斜めに傾いた山門を潜《くぐ》ると、境内《けいだい》は子供たちの賑やかな声が溢れていた。

明るい初夏の日差しと薫風《くんぷう》が吹きぬける中、子供たちは箒《ほうき》を持って掃除をしたり、本堂を雑巾《ぞうきん》掛けしたりしていた。そんな子供たちを若い僧侶が熱心に相手をしている。坊主には不似合いなほど日に焼けていた。目が清流のように澄んでいて、穏やかな眼差しと相まってやさしさが滲《にじ》み出ている。善次郎はしばらくの間、欅《けやき》の木陰にたたずみ子供たちと僧侶を眺めていた。やがて、若い僧侶が善次郎に気づき、

「ようこそ、兄上」

と、歩いて来た。

「相変わらず賑やかだな」

僧侶は背中に日を受け、黒い影となって見えた。善次郎は眩《まぶ》しそうに僧侶を見返した。日念《にちねん》という名の弟である。

「子供たちの笑顔を見ておりますと、心が和《なご》みます」

「今、何人養っているのだ」

「十二人です」

「捨て子を引き取っているというのは大変だな」

日念は捨て子を引き取り、幸集寺に住まわせて、食事のめんどうはもとより読み書きも教えていた。

「御仏のお導きと存じます」

日念は庫裏《くり》に入った。善次郎も後に続く。廊下を奥に進み、庭に面した客間に入った。違い棚と床の間のある書院造だが、飾り立ててあるわけではなく、申し訳程度に掛けられた掛け軸も値打ちがあるものには見えない。畳も縁《へり》がすり切れ、全体に薄く黒ずんでいた。日念自身も着古した墨染めの衣《ころも》を身にまとっている。

「こんな物で申し訳ないですが、どうぞ」

日念は白湯《さゆ》を出した。善次郎は、

「この寺もがたがきてるな」

柱にできた節や穴の開いた天井を見上げた。

「もう、何年も手入れしておりません。この間の嵐の時に雨漏りがひどうございました故《ゆえ》、屋根の修繕を頼んだのですが、その支払いもまだ、すんでおらぬ有様です」

日念は恥ずかしそうに目を伏せ、幸い屋根屋は、金はいつでもいいと言ってくれていると言い添えた。

「欲がないんだよ、おまえは。檀家を増やして、たんまりお布施《ふせ》を取ればいいんだ」

「いえ、そのようなことは」

日念は面《おもて》を強張らせた。

「できないだろうな、おまえには」

善次郎は立ち上がり、土壁の側に立った。所々、剝《は》げ落ちている。剝げている箇所を指でなぞりながら、

「その上、捨て子を育てているんじゃ貧乏なのがあたり前だ。まったく奇特なもんだ」

「御仏にお仕えする者として当然でございます」

「胸が痛むよ。なにせ、おれときたらおまえの兄とは思えない自堕落な暮らしぶりだ

からな」

「兄上には兄上の生き方がございます」

「人に自慢できるものではないがな」

「でも、兄上はご苦労なさいました」

日念はふと声を詰まらせた。

「大したことないさ」

「父上は切腹、御家は改易《かいえき》、その後、兄上は奉公人たちの暮らしぶりを優先され、全ての財を分け与えなされた。ご自分は、全てを犠牲にされたのです」

「もうすんだことだ」

「父上が亡くなられてもう十五年ですね」

「そうだな」

善次郎は縁側に出て庭を眺めた。庭と言っても手入れ不足で枝が伸び放題の木々が雑木林のようにあるだけの殺風景な空間である。

善次郎の父格之進《かくのしん》は公儀勘定吟味役を務める五百石の直参旗本だった。正義感が強く、融通が利《き》かないその人柄は、役人の不正を糾《ただ》す勘定吟味役にうってつけと評判された。善次郎は幼い頃から厳しく育てられた。日念は五つの頃父が死に、仏門に入ることを希望し、菩提《ぼだい》寺であったこの幸集寺に入ったのである。今年で善次郎が三十歳、日念は二十歳《はたち》になった。

善次郎もやがては父のような能吏《のうり》になるべく、学問修行に務め、湯島の昌平坂《しょうへいざか》学問所では秀才をもって知られた。ところが、十五年前、突如格之進は評定所《ひょうじょうしょ》に呼ばれ、切腹を申し渡された上に紅月家は改易にされた。母も父の後を追い自害して果てた。理由としては格之進が勘定所の重要書類を持ち出し、不正を働いたことによる、とされた。その他には一切の事情は知らされないままの処分だった。父が不正を働くはずはない。善次郎は繰り返し評定所に訴えたが取り上げられることはなかった。

わずかに、格之進が勘定奉行と札差の癒着《ゆちゃく》を糾《ただ》そうとしていたことがわかった。勘定奉行が格之進を陥《おとしい》れたに違いない。だが、それを糾弾することはできず、屋敷を追い出された。善次郎は紅月家の蓄えを奉公人たちに分け与え、浪人した。公儀に対する根深い不信感だけが残った。蔵宿師になったのも公儀への反発心からだ。特に札差に対する嫌悪感は胸に深く横たわり、暴利を貪《むさぼ》る札差から金を巻き上げることで父の仇討ちとしている。本当は父を陥れた札差に仕返しをしたいところだが、誰かは不明のままだ。いつの日にか仇《かたき》に出会えると信じ蔵宿師を続けている。

「これ、少なくて申し訳ないが」

善次郎は財布から二分金と一朱金一枚を出した。

「いつもかたじけのうございます」

日念は受け取ったものの心配そうである。

「なんだ」

「いえ、兄上、無理をなさっておられるのではございませんか」

「おまえが心配することではない」

「そうであれば、よろしいのですが」

「近々、まとまった金が入る。そうすれば、屋根屋への借財どころか、築地塀や寺の壁の修繕だってできるぞ」

善次郎は笑みを送った。

「それは、また。どうしてなのですか」

日念は心配の色を濃くした。

「大きな仕事に取り掛かったんだ」

「一体、どのようなお仕事をなすっておられるのですか」

日念には蔵宿師の仕事については、一切話をしていない。

「おまえは、世俗のことは知らなくていいのだ」

「兄上が心配です」

「心配いらないと申したであろう。それにな、おれは、なにもおまえやこの寺のためだけに金を置いていくのではない。おれ自身のためでもあるのだ。おれは、武士にあるまじき仕事に手を染めている。父上には顔向けできないような仕事だ。この寺に金を落とすのは、せめてもの罪滅ぼしだ。この寺に来て、おまえの顔を見たり、子供たちの笑い声を聞いたりすることが、おれにとってどれだけ癒《いや》しとなっているか、どれだけ生き甲斐を感じるか。だから、せめて、おれができる善行をさせてくれ、なあ」

日念はまだ何か言いたそうだったが、善次郎は立ち上がり、

「じゃあな」

と、玄関に足を向けた。日念が追いかけてきた。

「兄上」

振り返ると、

「いつもありがとうございます」

日念は丁寧に頭を下げた。

軽く右手を挙げて礼に応え庫裏を出ると、

「おじちゃん」

子供が善次郎に走り寄って来た。

「おう」

善次郎は子供を肩車してやった。たちまち、他の子供たちも自分も自分もとせがんでくる。

「わかった、わかった。順番だ、並ぶんだ」

子供たちは素直に従う。善次郎はみなを肩車してやり、

「よし、隠れん坊をするか」

みな、「やる」と笑顔を弾《はじ》けさせた。善次郎は欅の陰に立ち、

「十数えるぞ」

目を瞑《つぶ》り、「一、二、三」と数え始めた。子供たちは蜂の子を散らすように境内に散った。

「十、いくぞ」

胸が躍《おど》った。心が洗われるようだ。蔵宿師の仕事のことも父の切腹のことも、そして観音のお竜のことも頭の中から去っていた。

子供たちと遊んでから幸集寺を出た。寺を出ると、蔵宿師の顔に戻った。足早に家

路を急いだ。

家に着くと、

「調べて来ましたぜ」

助次が待っていた。脇に五合徳利があるが、まだ手をつけていないようだ。

「ご苦労だったな」

駄賃だと一朱金を渡す。助次はぺこりと頭を下げて受け取ると、

「旦那の考え、どんぴしゃでした」

「何がだ」

「山村さまが千両必要なわけですよ」

「やはり、猟官運動か」

「そうです。長崎奉行に欠員ができたそうで、その後釜《あとがま》を狙《ねら》っていなさるんです」

「長崎奉行といえば、実入りがいいことで知られる役職だ。千両使っても、すぐに元が取れるだろう」

「そういうことです。山村さまはこれまでにも御老中方や大奥にまで賄賂《まいない》を贈っておられたとか。それが、いよいよ、長崎奉行の人選が大詰めになったようですね」

「おまえ、そんな話どこで仕入れた」

「岡っ引の手札を頂いていた南町奉行所の同心安岡貫太郎《やすおかかんたろう》さまですよ。酒を奢《おご》って貸していた一分を帳消しにして差し上げたら教えてくれました。安岡の旦那、これからも銭次第で助力してくださいますぜ」

「岡っ引をしていたのも無駄じゃなかったな」

「そういうこって」

「で、上総屋の方はどうだ」

「主人の玄助《げんすけ》は婿《むこ》養子です。商売上手だと先代の主に見込まれたようで、そのせいで、女房には頭が上がらないそうですよ」

「その辺が弱みということか」

善次郎は思案するように顎《あご》を掻いた。

「それと、商いのやり方が相当強引なんだそうです。札差の傍《かたわ》ら、金貸しなんかもやっているのは当然としても、不当な高利をふっかけ、取立てにやくざ者を使ったりしているそうです。悪徳札差で知られていますよ。もっとも、このへんは女房が相当仕切っているそうですがね。これは、上総屋の奉公人や出入り商人から仕入れました」

助次は心持ち自慢げな顔をした。

「凄腕の対談方は？」

「女房が引っ張ってきたそうです。なんでも、元相撲《すもう》取りだとか」

「相撲取り、そいつは腕っ節が強そうだが。弁も立つのか」

「それはもう、立て板に水だそうです」

「面白そうな奴だ。でかした。これで、絵図を描くとするか」

善次郎は闘いを前に胸が騒いだ。

四

四月十七日の昼下がり、善次郎は蔵前の上総屋に向かっていた。

上総屋は浅草瓦《かわら》町の蔵前通りに面した間口十間の店だった。この直ぐ北に幕府の御米蔵がある。

御米蔵は浅草、大川の右岸に沿って埋め立てられた総坪数三万六千六百五十坪の土地に建ち並んでいる。北から一番堀より八番堀まで舟入り堀が櫛《くし》の歯状に並び、五十四棟二百七十戸の蔵があった。

切米《きりまい》が支給される二月、五月、十月の支給日には旗本、御家人といった幕臣たちの他、米問屋、米仲買人や運送に携わる者でごった返す。幕臣たちは支給日の当日、自分たちが受領する米量や組番、氏名などが記された米切手を御蔵役所に提出した。入り口付近に大きな藁束《わらたば》の棒が立ててあり、それに手形を竹串に挟んでおいて順番を待った。これは、「差し札」と呼ばれた。幕臣たちは支給の呼び出しがあるまで近くの水茶屋などで休んでいた。

中々面倒な作業である。

そこで札差という商売が起こった。幕臣たちに代わって切米手形、すなわち札を差し、俸禄米を受領して米問屋に売却するまでの手間一切を請け負う商いだ。従って、当初は米問屋が多かった。後にも米問屋とは深い関係を保っている。

札差たちは米の支給日が近づくと得意先の旗本や御家人の屋敷を廻り、各々の切米手形を預かっておいて、御蔵から米が渡されると当日の米相場で現金化し、手数料を差し引いた残りの金を屋敷に届ける。

江戸開府から時代を経るにつれ幕臣たちの暮らしは次第に困窮《こんきゅう》した。何せ、収入は決められている。父祖伝来の固定した家禄のみである。時代が経つにつれ物価上昇、消費性向が強くなることに対応できなくなった。

そこで幕臣たちは蔵米を担保にして金を借りるようになる。その際、借入先として都合がよかったのが札差である。自分の札差に借金をし、札差は蔵米の支給日に売却して得た金から手数料と借金の元利を差し引き屋敷に届ける。札差はこうして金融業者としての性格を強めた。

一方、幕臣たちは札差からの借金が累積し、蔵米が先の先まで担保に入り新たな借金ができにくくなった。そこで現れたのが蔵宿師である。蔵宿師は幕臣たちの代わりに札差の元に乗り込み、言葉巧《たく》みに、あるいは刀にものを言わせてでも金を借り出した。生活の土台を年貢米に依存した幕藩体制が生んだあだ花と呼べなくもない。

善次郎は仲蔵《なかぞう》小紋の小袖を着流し、濃い紅色の帯を締め、刃渡り三尺近い長寸の大刀を落とし差しにしている。素足に履《は》いた下駄は黒塗りの桐製板に真っ赤な鼻緒といった派手なもので、おまけに四寸の歯という高下駄だ。札差に掛合いに行く時にはこの格好と決めている。このような芝居がかった姿をするのは、相手を威圧するのと同時に己《おのれ》の気持ちを高めるためでもある。

強欲な札差から金を引っ張るという掛合いは舞台で芝居を演ずるようなものだ。きちんと筋書きを書き、相手との呼吸を計り依頼主という観客が満足、いや、唸《うな》るような芝居を演ずる。ただ、芝居と違い観客がいないことに物足りなさを感ずるのだが……。

六尺近い善次郎が高下駄を履いているものだから、天を衝《つ》く巨人といった風である。初夏の明るい日差しを浴び、往来のど真ん中を睥睨《へいげい》して歩く姿は嫌でも人目を引く。往来の視線を一身に集めていることに満足し大手を振って闊歩《かっぽ》した。突風が吹き黄色い砂塵《さじん》が舞ったが気にも留めず、はためく上総屋の暖簾《のれん》を潜《くぐ》った。腰を窮屈に曲げつつ中に入ると、土間を隔てて小上がりになった畳敷きの店が広がっている。帳場机がいくつも並び、その前で旗本の用人、御家人と思《おぼ》しき武士たちが手代とやり取りをしていた。

算盤《そろばん》球を弾《はじ》く音とやり取りの声で店は活気に溢れている。大きく息を吸い込み仁王立ちとなって、

「頼もう！」

腹の底から声を放った。

算盤や人の声が止んだ。みなの視線が集まる。派手な形《なり》をした大木のような男に目を見張った。が、それも、ほんのひと時のことで、善次郎など眼中にないように日常のやり取りが再開された。

面白くない。

せっかくの芝居が、いや、掛合いの出鼻を挫《くじ》かれたようで気分が悪い。もう一度怒

鳴ってやろうかと身構えた時、

「失礼ですが、お武家さま」

と、物腰柔らかな中年の男が歩いて来た。

「おう、おれは直参旗本山村清之助さまの用人紅月善次郎だ」

威圧するように凄んで見せると、

「ようこそおいでくださいました。手前、上総屋の主《あるじ》で玄助と申します」

玄助は色白でつるりとした面差しの、商人というよりは役者のような男だった。とても悪徳の評判を取る札差には見えない。きょろきょろと視線が定まらないのは、善次郎に対する警戒心なのか、気弱な性格なのか。容貌に惑わされてはいけないことは自明の理だが、初対面で受ける印象というものは大事である。視線を合わせわずかでも言葉を交わせば、相手がどんな人間なのか、おおよその見当はつく。もちろん、接触が増えれば意外な面がわかることもある。しかし、それを加味しても最初の目利きとそれほどには違わないものと、善次郎は自分の目には自信を持っていた。

玄助という男はどうだろうか。視線を合わせようとしないため感情が読み取れない。行き交う客はもとより奉公人たちにも笑顔を向けているのだが、目は笑っていない。どこか怯《おび》えたように絶えず視線が動いている。大店の主人にも腰の低い人間は珍しくない。しかし、彼らは威厳、あるいは自信というものが所作に滲んでいる。

玄助にはそれがない。感情を押し殺し、素顔を晒《さら》すことを怖れているようだ。

「主なら話は早い」

畳み込もうとすると、

「まま、ここではなんでございます。どうぞ、こちらへお越しください」

玄助は摑み所のなさを表すようにするりと善次郎の脇に降り立った。軽くいなされたようで腹が立ったが、玄助は善次郎の気持ちなど斟酌《しんしゃく》することなく、通り土間を奥に向かって行く。途中何度も立ち止まり、得意先と思われる旗本や御家人の給人の名を呼び、頭を下げ如才なく接客する様は練達の商人を思わせた。手馴れた所作である。善次郎の姿を見て蔵宿師と察したのだろう。奉公人たちと行き交った。みな、見上げるような巨人の出現に驚きの表情を浮かべ関わりを恐れるように避けて行く。そんな様子を愉快な心持ちで見下ろしながら店の裏手に設けられた座敷に至った。玄助が襖を開け、

「どうぞ」

善次郎が身を入れたところで、

「しばらく、お待ちください」

玄助は逃げるように姿を消した。とうとう一度も視線を交わすことはなかった。さては、対談方に一任ということだな。噂に聞く対談方とはどんな男だ。好奇心が高まる。床の間を背負って座っていると、女中が茶に羊羹《ようかん》を添えて持って来た。間もなく、

「失礼します」

と、太い声がした。襖が開き、大柄な男が入って来た。縞柄《しまがら》の着物に上総屋の屋号入りの前掛けをして、手には大福帳を持っている。歳の頃、三十路の半ばか。男は善次郎の前にどっかと腰を据えた。丸々と肥《こ》え、いかにも力士上がりと思わせる。大きいのは身体ばかりではない。顔もとてつもなく大きい。岩のようだ。その上、首が短く胴に直接乗っているようで、顔の大きさを一層際立たせていた。

面差しは均衡を欠いている。眉《まゆ》、鼻、口は身体同様に大きいのだが、目だけはやたらと小さい。そんないびつな顔を汗で滲ませている。暑苦しい男だ。とても凄腕の対談方には見えない。

しかし、名うての対談方、気を緩めると、足元をすくわれるだろう。

「わたしは上総屋の手代で大五郎と申します。山村さまにはご贔屓《ひいき》を賜《たまわ》りありがとうございます」

大五郎は大きな身体を折り曲げた。善次郎も素性を語ったところで、

「本日の御用向きを承《うけたまわ》りとうございます」

大五郎は善次郎を値踏みするように目を細めた。小さな目が肉の中に埋まって梅干のようだ。

「少々、借財を申し込みたい」

善次郎はからっとした声を浴びせた。

「いかほどでございますか」

大五郎は太い指で大福帳を捲《めく》った。

「ほんの千両ほど」

善次郎はニヤリとした。大五郎も大福帳を畳に置き口元を緩めた。

「ご冗談を」

「いや、冗談ではない」

「千両は少々とは申しません」

「上総屋殿にすれば、少々ではないのか」

「そのようなことはございません。山村さまにはこれまで」

大五郎は大福帳をぱらぱらと捲り、山村家との取引の様子を語った。切米手形を現

金化することを請け負っているだけだ。内藤が言ったように借財はない。

「手前どもでご用立てさせていただけるのは百両が精一杯のところでございます」

「百両とは申し出の十分の一ではないか」

きつい目をしてみた。大五郎は善次郎の視線を正面から受け止め、いささかも動じることなく、

「さようでございます」

「ならば、他を当たるか」

「他とおっしゃいますと、手前どもから他の札差に鞍替えをなさろうとおっしゃるのですか」

「ということを考えるより他あるまい」

「山村さまとは切米手形を扱わせていただいておるだけでございます。借財があるわけではございませんので、手前どもと致しましても一向に差し支えございません」

大五郎は大福帳を大きな音を立てて閉じた。その不遜《ふそん》とも受け取れる態度は明らかに善次郎を挑発していた。断固として掛合いには応じないぞという強い意志が感じられる。

ここは、試してみよう。大五郎という男、噂に違《たが》わぬ凄腕の対談方なのか。それと

も評判倒れか。もちろん、これまでのやり取りだけで肝の据わった男とわかる。善次郎相手に理路整然と掛合いには応じられないと話すその態度は、大きな身体と相まって実に堂々たるものだ。こけ脅しが通じる相手ではないことは明白なのだが、それでも試してみたくなった。どのような反応をするかという好奇心が湧いたのだ。

善次郎は大刀を抜いた。刃渡り三尺の長寸の抜き身が鈍い煌《きらめ》きを放った。案の定、大五郎は全く臆することなく、

「脅しでございますか」

「いや、抜き身の手入れをしたくなった」

善次郎は座ったまま二度、三度大刀を横に払った。空気を切り裂く音がし、大五郎の鼻先をかすめた。大五郎はまばたき一つすることもなく、

「百両ならご用立てすることできますが、いかが致しましょう」

善次郎は抜き身を鞘に戻した。

ふと、気になった。大五郎の対応だ。いくら、度胸のある男でも抜き身を向けられて表情を動かさない者はない。怯えることはなくても、虚勢を張って凄んで見せたり、作り笑いを浮かべたりするものだ。ところが、大五郎に表情の変化は全く見られなかった。大刀は眼前をかすめる程であったにもかかわらず動じなかった。肝が据わ

っているだけではない。

——こ奴、元は武士か——

そんな考えが脳裏を過《よ》ぎった。善次郎の脅しに平気だったのは太刀筋を見切ったからだろう。それができるのは剣の心得がある、それも、相当に修練を積んだ者だ。とすれば、武士。大五郎は武士ではなかったのか。

面白くなってきた。大五郎の鼻を明かしたくてしょうがなくなった。ここは、いつにも増して、しっかりとした筋書きが必要だ。そんな善次郎の心を見透かすように大五郎の小さな目が凝らされた。善次郎はいなすように視線をそらし、

「いや、それなら、無用。千両の借財以外には受けぬ。今日のところはこれで帰る。主殿とよく相談をしてくれ」

「承りました」

大五郎は丁寧に頭を下げた。善次郎が腰を上げ客間から出たところで、

「紅月さま、ちょっとこちらへ」

大五郎に誘われ、奥に向かった。へっついが並んだ土間があった。台所のようだ。隅に何故か瓦が積んである。数えてみると、十枚が重ねられていた。大五郎は瓦の前に立ち、善次郎に向かって笑みを送った。そして、やおら右手を上げ、

「どう！」

怒声と共に手刀を振り下ろした。手刀は一直線に瓦に吸い込まれた。たちまちにして、十枚の瓦が真っ二つに割れた。

「楽しんでいただけましたか」

大五郎は腕っ節で来るなら来いと威圧しているのだ。猛烈な闘争心がこみ上げた。絶対に負けん。上総屋から千両を引き出してみせる。この掛合い、必ず成就《じょうじゅ》するぞ。

そう、胸に深く刻んだ。

「面白かった、また、来たくなったよ」

善次郎は鷲鼻をひくひくと動かした。

踵《きびす》を返し、足速に表に出ると助次が待っていた。

「おまえの聞き込み通り、いや、それ以上の男だったぞ。対談方」

助次は不安そうに顔をくもらせた。

「今日のところは、挨拶に来ただけだ。本番はこれからだよ。大五郎という男、相手にとって不足なしだ」

薄暑の昼下がりである。大川から強い川風が吹き込み、往来に砂塵《さじん》を舞わせた。

第二章　つましい浮気

一

　善次郎と助次は浅草雷門《かみなりもん》を過ぎ、仲見世にある茶店に入った。縁台に並んで腰を下ろした。葦簾《あしすだれ》の間から日が差してくるが、吹く風が爽やかなため気にはならない。大五郎との掛合いで知らず知らずのうちにかいた汗が心地良く乾いていった。心太《ところてん》をすすりながら、

「これからどうしやす」

　助次が声をかけてきた。善次郎は余裕たっぷりな笑みを浮かべながら、

「決まっているだろう。上総屋玄助の弱味を握るんだ。玄助の身の回りを洗わないとな」

「旦那に言われるまでもねえ。洗いましたよ。玄助は堅物《かたぶつ》です。とにかく、商売一筋、そんなところを先代の主清蔵《せいぞう》に買われて、手代の身から女房お菊《きく》の婿養子になったんです。婿養子という立場、おまけにお菊ってのは大変に気の強い女だってんですから、玄助の奴、女房には頭が上がらないってことも無理ねえこって」

　玄助の摑み所のない風貌が頭に浮かんだ。あのきょろきょろと視線の定まらない態度の背後には女房の存在があったのだ。玄助は絶えず女房のお菊の目を気にしているのだろう。主人と言いながら実権を持っていないのかもしれない。攻め口と言っていいだろう。大五郎よりは遙かに与《くみ》しやすしだ。大五郎相手に千両を引き出せないことは心残りだが、内藤と約束した期限の四月二十日は三日後である。そうゆっくりもできない。玄助相手であろうが上総屋から千両を借り受けることに変わりはない。そう割り切ろう。

　大五郎だって屈辱を感じるだろう。鼻を明かしたことになるのだ。

「そんな男こそ弱味を持っているもんだ。いいか、あれだけの札差だ。いくら堅物の玄助だって商いだけに邁進《まいしん》しているとは思えん」

「つまり、これですかい」

　助次は右の小指を立て、下卑《げび》た笑いを浮かべた。

「そういうことだ。どんな堅物でも。いや、堅物であればあるほど下半身がやましいもんだよ」

「旦那の経験ですかい」

「世間の常識ってことだ」

善次郎は妙にまじめな顔をした。助次も表情を引き締め、

「なら、旦那、とっくりと調べてきやすぜ」

と、茶を飲み干した。


その日の夕刻、善次郎が自宅で待っていると助次が戻って来た。助次は満面に笑みを広げている。その表情を見れば探索がうまくいったことが察せられる。

「うまくいったようだな」

善次郎が徳利を向けると助次はへへへ、と笑いを漏らしながら、

「旦那の狙い通りでしたよ」

と、右の小指をぴんと伸ばした。

「やっぱり、女か」

「ええ、囲っていました。玄助の跡をつけ回していたらわかりましたよ」

「そんなことだろうとは思っていたがな」

助次ははやる気持ちを抑えるように茶碗に入っている酒を一口飲んだ。善次郎が酌をしようとするのを手で制し、

「女はお衣《きぬ》って名前です」

摑み所のない玄助がどんな女を囲っていたのだ。俄然興味が湧いた。女を見れば玄助という男の素顔を垣間見ることができるような気もする。

「柳橋《やなぎばし》辺りの芸者か、それとも吉原の花魁《おいらん》か」

助次は首を横に振り、

「そんな、派手目の女じゃないんですよ」

それはそうだろう。そんな派手な女を囲うなど玄助がしそうにない。店の中にあっても女房の目を気にしているのだ。目立つ女と浮気などするはずがない。

「と言うと……」

「上総屋に奉公していた女なんです」

「女中に手を出したのか」

「そういうこって」

「手近な女に手をつけたってことか」

助次は返事の代わりに茶碗の酒を飲み干した。なるほど、それならいかにもありそうだ。女だって相手が主となればそれなりの対価が求められると期待するだろう。

「どんな女なんだ」

助次は言葉を選ぶように視線を巡らせたが困ったような顔つきになった。

「どうしたんだ」

「いえ、それがですね、取り立てていい女でもないんですよ。歳は二十歳くらいでしょうか。色が白いぽっちゃりとした女なんですがね、別段、目を引くような美人でもないんです」

「それは、おまえの目から見ての話だろうが」

助次は納得がいかないように首を傾げる。

「あれが、ほんとに妾《めかけ》なのかと思いましてね」

「どういうことだよ」

「ひょっとして、裏があるんじゃねえかと思ったって次第で」

「裏というと」

「目くらましかもしれない、と」

「お衣は本当の妾ではないと言うのか」

「ひょっとしたら、ですけどね。まあ、証《あかし》がねえんでそう勘繰っているだけです」

「上総屋ほどの大店《おおだな》の主ならもっといい女を妾に囲うといいたいのだな」

　玄助に会ったこともない助次がいぶかしむのはもっともだが、善次郎にはいかにも玄助らしいと思える。

「そういうこって。上総屋の奉公人や近所でお衣が上総屋に奉公していた時分のことを聞いてみたんですよ。お衣って女は女中働きをして五年にもなるっていうのに、使いに出せば銭を間違える、掃除中に障子や大事な壺や皿を割る、と、どじばかり踏んで、年中玄助の女房お菊に叱られていたそうです。それで、とうとうお菊から暇を出されたっていわくのある女なんです」

「でもな、どんな女だろうが、色事だけはわからぬものだ。人から見れば、大した女でなくても、当人にしたら惚れて、惚れて、惚れ抜いてもまだ足りないって思うもんだ」

「蓼《たで》食う虫も好き好きということですか」

「そういうことだし、女房に頭が上がらない玄助ならば、ありそうだという気がするがな」

「それにしてもねえ……」

助次は首を捻りながら手酌で酒を飲み、

「あっしゃ、どうも、お衣に的を絞るってのは危ない気がするんですがね」

「そうまで言うのなら、おれが一つ見に行ってやるか」

玄助が囲う女に対する好奇心を抑えられなくなった。

「是非、お願いしますよ」

助次はようやく納得できたのか茶碗の酒を一息に飲み干した。


翌日十八日の昼、善次郎は助次の案内でお衣の家にやって来た。掛合いに行くわけではないので、紺地木綿《もめん》の単衣《ひとえ》に黒の角帯といった普段着である。下駄も高下駄ではなく、ありきたりの桐下駄だった。それでも、他を圧する巨軀《きょく》は隠しようもない。蔵前通りを歩いているだけで自然と人々の注目を集め、善次郎が見下ろすと、みな目をそらすばかりか道の両端に分かれて行く。往来のど真ん中を長軀の善次郎と短軀の助次が歩く姿はなんともおかしげで、善次郎に恐れをなしていた者たちからも安堵《あんど》の笑みがこぼれた。初夏にもかかわらず盛夏のような暑い昼下がりだ。おまけに旱続《ひでり》きとあって大地は干からび、大川の川風に砂塵が舞って着物が砂でざらついた。

お衣は浅草下平右衛門《しもへいえもん》町の長屋に住んでいた。

「こんな所に住まわせているとは、上総屋から目と鼻の先じゃないか」

　玄助の大胆さに驚きを感じた。

「この辺りは口入れ屋が軒を連ねておりますからね。玄助が歩いていても、口入れ屋を覗いたというごまかしが利くってことかもしれませんぜ」

「もし、そういう考えでこの辺りに囲っているとしたら、玄助という男、中々、肝が据わっているのかもしれんぞ」

　玄助に対する見方を変えねばならないかもしれない。助次に着物の背中を払わせた。砂が小さな煙となって微風に流れる。助次の案内で長屋に向かった。お衣の住まいは横丁に面した三軒長屋の一つだった。

「いるかな」

　助次が、

「聞いてみますよ」

「誰に」

「決まっているでしょう。本人にですよ」

　助次は身軽な動きでお衣の家の格子戸の前に立った。躊躇《ためら》うことなく、

「御免ください」

と、声をかける。時を置かず、女の声がして格子戸が開けられた。善次郎は向かいにある天水桶の陰に身を潜めた。といっても長身の善次郎が身体を隠せるはずもない。鼻歌を口ずさみ、いかにも暇を持て余しているかのように装った。

ぼうっとした感じの女が現れた。地味な弁慶縞《べんけい》の小袖に茶の帯を締め、勝山髷《まげ》に結った髪を飾るのは柘植《つげ》の櫛《くし》だけである。色白でふっくらした顔は化粧気がなく申し訳程度に紅を注《さ》していた。女は、

「何でございましょう」

と、助次ににっこり微笑んだ。八重歯《やえば》が覗き、右の頬に笑窪《えくぼ》ができる。悪い印象はない。助次に聞いた上総屋での奉公ぶりから、もっと陰気な女を想像していた。賢そうではないが、朗《ほが》らかさが感じられる。助次は笑みを返し、

「ちょいと、道を尋ねているんだ。この辺りにお泉《せん》さんておっしゃる常磐津《ときわず》のお師匠さんの家があるって聞いたんだが」

お衣は笑顔を引っ込め小首を傾げた。

「お泉さん、常磐津のお師匠さんですか」

知らないのだろう。知るはずはない。助次の嘘なのだから。しかし、お衣は疑う素振りも見せずまじめに受け止め、

「ええっと」

と、道に出て来て四方を見回した。当然、そんな家はあるはずもない。お衣は自分の無知を申し訳ないとでも思ったのか、よほどに人が好いのか、横丁を行く棒手振《ぼてふ》りの魚売りや野菜売り、さらには長屋の連中を捕まえて、常磐津の師匠お泉について聞いてくれた。その姿はけなげであり、欺《あざむ》いたことの罪悪感すら抱かせた。

善次郎は天水桶から身を乗り出し助次を目配せした。助次はお衣に近づき、

「すまねえ。手間取らせてしまった。おいらの勘違いかもしれねえや。この辺りじゃねえのかもな。もう一遍、確かめてからにするよ」

お衣はぺこりと頭を下げた。

「すみません。お役に立てなくて」

その姿は役に立てないことを心底から詫びているようであった。善次郎と助次はお衣の家を後にした。

「どこがいいんですかね」

助次は浅草橋の袂《たもと》でお衣を評した。

「おれには、玄助が惚れるのがなんとなくわかったような気がしたな」

神田川がたおやかに流れている。水面《みなも》は日差しを受け、銀色の輝きを放ち、水底の

藻《も》までもが透けて見えた。船が行き交い、船頭の舟歌が心地良い。

「あっしにはわからねえな。旦那もご覧になったでしょう。どっか、抜けている女ですぜ。あれじゃ、上総屋でも、どじってばかりで女房から年中叱られていたってのもわかりますや」

「そうかもしれんが、人の良い女だ」

「そうですかね、見てくれも、こう、へちゃむくれで」

助次はそれを強調するように両の頬を手で歪《ゆが》めて見せた。

「笑うと中々、愛嬌《あいきょう》のある顔になるぞ」

「旦那の好みですか」

「おれの好みではないが、玄助が好きになることはわかるような気がするな。女房に頭が上がらず、商売一筋に日々暮らしていれば、安らぎの一つも欲しくなるというものだ」

「なるほど、安らぎね」

「お衣のような女と過ごしていると心安らぐのではないか」

「色より、安らぎですか。婿養子というのは哀れなもんですね」

「案外と玄助はそれで満足しているのかもしれんぞ」

「お衣の方はどうなんでしょうね。玄助に囲われて幸せなんでしょうかね」

「さあな。どうして、玄助に囲われたか、わかればはっきりするだろがな」

「その辺のことを調べますか」

「なら、もう、一遍、お衣の玄助に対する思いがわかったほうが絵図が描きやすいな」

「お衣の所に行ってきますよ」

「どうするつもりだ」

「まあ、お任せください」

助次はにんまりとした。

二

助次はもう一度お衣の家の前に立った。

家にやって来る前に、和菓子屋で羊羹を土産《みやげ》に買った。

「御免さない」

格子戸越しに声を放った。「はあい」という朗らかな声が返され、お衣が出て来た。お衣は助次の顔を見て、「おや」と訝《いぶか》しげな顔をしたが、すぐに、

「いや、あれは、おいらの勘違いだった。師匠の家は茅《かや》町じゃなくて茅場《かやば》町だったんだ」

自分が悪いわけでもないのにぺこりと頭を下げた。

「先ほどは失礼申し上げました」

助次は照れるように頭を掻いてみせた。

「そうだったのですか」

お衣は微塵《みじん》も疑う素振りを見せない。

「まったく、どじな話でな」

助次は竹の皮に包まれた羊羹を差し出した。お衣は恐縮しきりに、

「お気遣い、ありがとうございます」

「すまねえが、今日は一日駈けずり回って喉が乾いてしまったんだ」

お衣はごく自然な所作で、

「せっかく、羊羹を買って来てくだすったんですから、どうぞ」

お衣に導かれ助次は家の中に入った。土間を隔てて八畳の部屋がある。奥が襖で仕切られていることからもう一部屋あるようだ。部屋はこぎれいに片付いていた。お衣は茶を用意してくれた。

羊羹を切って小皿に置いてくれる。

「すまねえな」

助次の言葉ににっこり微笑み、お衣は羊羹を一切れ口に入れ、おいしいと礼を述べた。

「一人で住んでいるのかい」

何気ない調子で聞く。

「ええ、一人なんですよ」

「おっかさんや、おとっつぁんは」

「おとっつぁんは亡くなりました。おっかさんは相模で百姓をやってます」

お衣はわずかに眉根を寄せた。

「そうか、寂しいな」

助次は同情するようなしんみりとした声を出した。お衣は首を横に振り、

「いいえ、寂しくはありません」

「そうかい、ならいいんだが。ところで、おまえさん、何をしているんだい」

助次は聞いてから、「おっと、余計なことを聞いてしまったか」と、口を手で塞《ふさ》いだ。お衣は悪びれもせず、

「見当がつくでしょう」

助次はしばらく考えるように視線を彷徨《さまよ》わせたが、

「まさか、これかい」

と、親指を立てた。

「そうなんです。わたし、お衣は、囲われているのです」

その表情には囲われ者の暗さは感じられない。それどころか、明るくて活発な感じだ。

「そら、悪いことを聞いたかな」

「別に悪くはありません。本当のことですもの」

「旦那はどんな人なんだい」

「おとっつぁんのような人です」

「はあ……」

ぽかんとしてしまった。

「わたし、おとっつぁんを早く亡くしたんで、それで、奉公に出て、その奉公先の旦那さんなんですが、とっても、親切にしてくだすって。それで」

お衣は幸せそうに声を弾ませた。

「で、その旦那から月々のお手当を貰っているってことだな」

「ええ」

お衣は小さく首を縦に振った。

「旦那にはお上さんがいるんだろ」

「はい」

その日、初めてお衣の顔がくもった。

「お上さんには当然、内緒だよな」

お衣は唇を噛んだ。

「そりゃ、そうだろうな」

助次は言ってから腰を上げた。

「もう、お帰りですか」

「ああ、すまなかったな」

助次は格子戸を開ける頃には重い気分になった。


「どうだった」

善次郎は神田川の畔で待っていた。柳が川風に吹かれ、しなやかに揺れている。助

次はややくぐもった声で、

「会ってきやしたよ」

「わかってるよ。どうした、元気がないじゃないか」

「それがね、あっしゃ、お衣のことが気の毒になっちまって」

「馬鹿だな、おまえは。ひょっとして、お衣に惚れたのか」

反発するように助次はむっとして、

「そんなんじゃありませんや」

「じゃあ、なんだよ」

「なんだか、気の毒になりましてね」

助次はお衣と会った時の顚末《てんまつ》を語った。

「お衣は玄助に死んだおとっつぁんを見ているんですよ」

善次郎は乾いた口調で、

「玄助はお衣を囲っていること、女房には知られたくないんだろ」

「そりゃそうですよ」

「だったら、使えるじゃないか」

「やはり、お衣のことをネタにしなければいけませんかね」

「あたりまえだ。使えるネタは何だって使う。ましてや、これはいいネタだぞ。上総屋から金を引っ張る上にはな」

そうだ。絶好のネタだ。玄助を攻めるに十分である。それに、大五郎の出番もない。玄助は己《おのれ》の所業をネタにされるのだ。大五郎に任せるわけにはいかない。使わない手はないのである。

善次郎は助次の肩をぽんぽんと叩いた。助次は割り切れないように口をへの字に結んだ。

「さあて、行くか」

「どこへですか」

「上総屋に決まっているだろ。おまえ、妙な情が湧いて頭がぼけているんじゃないか」

助次は首をすくめた。

善次郎は桐下駄をからからと鳴らしながら往来を歩き出した。その姿は肩で風を切ると呼ぶにふさわしい堂々たるものだ。

上総屋に近くなると、

「おい、玄助を呼んでこい。いいか、大五郎に気づかれるんじゃないぞ。そっとだ。

そこんとこ、うまくやれよ」

と、善次郎は助次を見下ろした。

「わかってますよ。任してください」

助次は胸に抱いたお衣へのわだかまりを吹っ切るように走り出した。


善次郎は浅草下平右衛門町の小さな稲荷《いなり》で待っていた。四半時（三十分）と経たないうちに助次は玄助を連れて来た。今日も目をきょろきょろとさせ顔には微笑を浮かべていた。境内の樫の木が影を作り真夏のような強い日差しを遮っている。玄助は緑陰に身を入れほっと安堵したように軽いため息を漏らした。

「てまえが、上総屋玄助でございます。たしか、山村さまの代理でいらっしゃいましたね」

玄助は丁寧な物腰で頭を下げた。善次郎は、

「旗本山村清之助さまの代理で紅月善次郎と申す」

玄助はもみ手をしながら、

「先日、わたしどもの対談方がお会いしたと存じますが」

「ああ、会ったよ」

玄助は笑みをたたえながらも警戒するように上目遣いで見上げてきた。初めて視線があった。明らかに戸惑いの表情を浮かべている。探るように視線を凝らしていたが、善次郎が強い眼差しを返すとたちまち目を伏せた。

「でしたら、御用の向きはその時に承っているものと存じますが」

「そうだったな。千両の借財を申し込んで、おたくの対談方さんに断られたんだ」

善次郎はニヤリとした。玄助は善次郎から目をそらしたまま、

「それで済んだと存じます。では、これで失礼申し上げます」

玄助が踵を返そうとしたので、

「まだ、用事はすんでいないぜ」

威圧するように上から見下ろした。

「千両ものお金のご用立てはできぬものと存じますが」

玄助はうつむいたままである。

「そこをなんとかして欲しいんだよ」

善次郎は肩を怒らせた。

「ですが、ない袖は触れません」

玄助は善次郎の顔を見ようとはしない。

「そんなことはあるまい。天下の札差上総屋さんじゃないか」

善次郎は乾いた笑い声を放った。玄助は唇を震わせ、

「脅されるのでございますか」

「脅すなんて、人聞きの悪いことは言いっこなしだ。相談したいんだよ」

「相談と申されましても、既に話はすんでおります」

玄助は思い切ったように勢いをつけ顔を上げた。善次郎は笑顔を引っ込め、

「おい、勘違いするな。相談というのは、お衣のことなんだよ」

とたんに玄助の顔色が変わった。明らかに動揺したように、視線を彷徨わせ始めた。

「お衣がどうしたのでございます」

「お衣って、いい娘じゃないか。上総屋で奉公していたんだってな」

「そうですが」

「これからも、めんどうを見てやるんだろ」

「…………」

「お上さんはこのこと知っているのか」

「お菊は……」

「おおっと、お菊さんというのかい。お上さんは」

「お菊にはこのこと、黙っていてください」

玄助は米搗《つ》き飛蝗《ばった》のように何度も腰を折った。お菊に対する恐怖心が露《あらわ》となっている。

「もちろんだ。話さない。いや、話したくはない……」

ここで、善次郎は言葉を止め思わせぶりな笑みを浮かべた。玄助は悟ったように表情を落ち着かせた。

「黙っている代わりに、借財に応ぜよとのことでございますか」

「さすがは、上総屋さんだ。物分かりがいいな」

玄助は覚悟を決めたのか善次郎を見上げ、

「わかりました。千両でございますね」

「いかにも」

「なんとかしましょう」

「かたじけない。明日受け取りに行く」

「明日でございますか」

「明日の昼だ。卯月《うづき》十九日昼九つ（正午）きっかりにな」

語気を強めて釘を刺した。こうなったら相手に有無を言わせてはいけない。逆らえないよう上から強い眼差しで見下ろすと、助次を促し大手を振って稲荷から出て行った。

風に吹かれ着物の裾《すそ》が捲れ上がった。善次郎は痒《かゆ》くもないのに剝《む》き出しになった脛《すね》をごしごしと掻いた。中指の爪先に脛毛が付着した。それをふっと吹き飛ばした。そんなバサラな所作が善次郎は板に付いていた。

三

明くる十九日の昼九つ、善次郎は掛合いの形《なり》をし、高下駄を足音高く響かせ意気揚々と上総屋に乗り込んだ。暖簾を潜るなり、

「頼もう！」

声高らかに響かせる。奉公人や客の視線が集まったが、仲蔵小紋の小袖に紅色の帯といった六尺近い大男とあって関わりを恐れたのか、じきに視線を外した。

「頼もう！」

それを楽しむように善次郎は再び大声を放った。店の奥から大五郎がやって来た。

大五郎は善次郎を睨み付けながら、

「こちらへ」

と、先日案内された座敷に導いた。大五郎は大きな背中をゆさゆさと揺らしながら、善次郎から言葉をかけるのを拒絶するように足早に歩いて行く。座敷に上がったところで、

「愛想がないな」

からかいの言葉を投げると、

「あいにくと、不調法な性質《たち》でして」

大五郎は苦虫を嚙んだような顔をしている。近くにあった三宝《さんぽう》を引き寄せた。そこには袱紗《ふくさ》が掛けられている。

「お検《あらた》めを」

大五郎は袱紗を取り払った。取り払った勢いで微風が鼻先をかすめた。小判の五十両包みが置かれていた。一つ紙の封を切った。小判の山吹《やまぶき》色が心地よく目に染みる。

「一つ、二つ、三つ」

わざとゆっくりとした動作で小判の包みを数えていく。大五郎は無表情で善次郎が数え終えるのを待っている。

「十八、十九、と、それから、二十……。確かに」

「では、これをお使いください」

大五郎は小判を紫色の風呂敷に包み込んだ。大五郎の太い指が器用な動きで風呂敷を畳んだ。

「すまんな」

「どういたしまして」

「不服だろうが、千両、借り受ける」

善次郎は書面を出した。山村清之助の印判が押された、借り入れ証文だった。大五郎はそれを受け取り、懐から書付を何通か取り出した。それを見比べている。きっと、善次郎が持参した書付が本物かどうかを検めているに違いない。大五郎は太い眉を寄せ、慎重に見てから、

「確かに承りました」

と、相変わらずの憮然《ぶぜん》とした表情で言った。

「なら、これで失礼したいところだが、茶の一杯くらい淹《い》れてくれぬか」

もっと、大五郎と話したくなった。勝利を嚙み締めたいという意地悪な気持ちが胸を覆《おお》っているのだ。

「これは、気がつきませんで」

大五郎は障子を開け、茶を淹れるよう言いつけた。

「対談方になって長いのか」

「三年です」

「その前は何をやっていたのだ」

「見ての通り相撲取りでした」

「相撲取りが対談方な」

善次郎の言葉を蔑《さげす》みと取ったのか、

「いけませんか」

大五郎は目を厳しくした。

「いけなくはないが、意外な思いがした。その前は武士ではなかったのか」

心に引っかかったことを問わずにはいられなかった。茶が運ばれて来た。大五郎は無言で勧める。それきり、口を閉ざした。余計な詮索はするなというのだろう。それに、胸の中では悔しさで一杯なのではないか。善次郎と腹を割って話をするなど不必要だし、その気もないに違いない。その険しい顔を見ていると、大いなる勝利感が沸き上がる。

勝利を味わうかのようにゆっくりと茶を飲んだ。善次郎が飲み干したのを確かめ、

「ご返済の約束を記した証文はこちらからお屋敷に持参いたします。これは、仮の証文ということで承ります」

「ならば、これにて」

善次郎は風呂敷を持ち上げた。ずしりとした心地良い感触が腕に伝わる。

「お気をつけて」

大五郎は苦々しそうな言葉を発した。

店を出たところで、助次が走り寄って来た。助次は背中の風呂敷を見て、

「うまく、いきましたね」

「ああ、千両満額だ」

「これで、百両間違いなしですか」

助次は千両が手に入ったとたんに、お衣に対する罪悪感は消えてしまったようだ。

善次郎も悪い気分はしない。大五郎に一泡吹かせてやったことが、喜びを増幅させている。

「今晩は祝杯ですね」

「そうだな」

「吉原でも繰り出しますか」

「吉原となると、百両じゃ心もとないか」

「いや、十分ですよ」

二人は胸を弾ませ往来を歩く。往来に引かれた二人の凸凹《でこぼこ》の影までが楽しげに見える。すると、背後で重々しい足音が近づいて来た。振り返ると、大五郎である。思わず、身構える。

「紅月さん、ちょっと、顔を貸していただけませんかね」

大五郎は大きな顔を突き出してきた
「顔を貸せとは穏やかじゃないな」

風呂敷をしっかりと握る。大五郎は善次郎の警戒を解くように、

「金を返せなんて言いません。ちょっとした座興ですよ」

と、頬を緩めた。助次は警戒するように目配せをしてくる。やめておけといいたいのだろう。しかし、好奇心が勝った。

「いいだろう。付き合おうじゃないか」

善次郎の返事を待たず、大五郎は足早に人並みをかき分けた。善次郎の袖を助次は引いた。

「心配するな」

やんわりと助次の手を振り解《ほど》き、歩き出す。大五郎は急ぎ足で、昨日玄助を呼び出した稲荷へと入って行った。ひょっとして、何人かが待ち伏せしているかとも思ったが、そんな様子はない。昨日同様、稲荷の狭い境内はひっそりと静まり返っていた。

樫の木の緑が目に鮮やかだ。

「面白い趣向ってなんだ」

「相撲ですよ」

大五郎は事もなげに言った。

「相撲だと」

「ええ、相撲です。紅月さん、わしと相撲をとってください」

「まさか、相撲の結果によっては金を返せと言い出すのじゃないだろうな」

「やい、未練たらしいぞ」

助次が横から口を出す。大五郎は大きくかぶりを振り、

「今更、そんなけちなことを言いませんや」

「なら、どうしようと言うのだ」

「ただ、紅月さんと相撲をとりたくなったんですよ。無性にね」

大五郎は表情を消した。何を考えているか真意がわからない。が、善次郎は余裕の笑みを浮かべ、

「何故、わたしと相撲など取りたいのだ」

大五郎は不敵な笑みを返し、

「紅月さんを投げ飛ばしたくなったんですよ」

「馬鹿野郎。ふざけたこと抜かしやがる」

助次がすごんでみせたが、善次郎は面白いと思った。

「よし、やってやろうじゃないか」

「そうこなくちゃ」

大五郎は目元を緩め雪駄《せった》と白足袋を脱いだ。小さな目が梅干のように見える。

「旦那、やめときましょうよ」

あくまで助次は反対したが、既に大五郎は着物を脱ぎ捨てている。赤銅《しゃくどう》色の肌は逞《たくま》しいばかりだ。善次郎も高下駄を脱ぎ、着物を脱ぐ。大五郎に比べ、背はそれほどの差はないが一回り小さい身体《からだ》つきだ。

昨日は酷暑の日和《ひより》だったが、今日は初夏の装いだ。風は裸には冷たい。木漏れ日がまぶしく大五郎の身体を弾いた。

「おお」

大五郎は両手を広げた。まるでヒグマである。

「よし」

負けずに善次郎も言うと大五郎にぶつかった。大五郎の分厚い胸板はまるで岩のようだ。がっしりと受け止められた。

がっぷり四つとなった。

「くそう」

両腕に力を込めた。大五郎は余裕の笑みすら浮かべている。

「おのれ」

上手投げに行こうとした。しかし、びくとも動かない。

「そんなもんかね」

大五郎は言うと、右腕に力を込めた。善次郎の足が地から離れた。そのまま、投げられそうになった。歯をくいしばる。大五郎は渾身《こんしん》の力を込めた。その時、善次郎は大五郎の脇が甘くなったのを見逃さなかった。腕をすり抜ける。大五郎の腕が空を切った。勢い余って前のめりになる。間髪《かんはつ》入れず、大五郎の足を踏んだ。

予想外の攻撃を受け大五郎は足元を見た。そこを、

「てえい」

善次郎は渾身の力で大五郎の背中を押した。大五郎は堪らず両手を地べたに着いた。

「勝った」

すかさず、善次郎は勝利宣言をした。

「やった」

助次も賞賛の声を響かせた。大五郎は両手に付いた土を払い、

「さすがは、蔵宿師だ。汚い手を使う」

その目に憎悪の炎が立ち上っていた。善次郎は怒りの炎に油を注ぐように、

「どんな手を使おうが、勝ちは勝ちだ」

大五郎は反論をせず、無言のまま引き上げて行った。

四

稲荷を出、人込みの中に紛れてから助次が、

「てへ、大五郎の奴、いい気味でしたね」

と、満面の笑みを送ってきた。

「すっきりしない勝ち方だったが、相手は本職の相撲取りだったんだ。あれくらいの手を使ったってお稲荷さんも許してくださるさ」

「そうですよ。旦那は腕力でも大五郎に勝ったってことですね」

助次もうれしそうだ。

「そういうことだ」

爽快な気分だ。背負った千両もこれ以上ないほどに心地良い。

「大五郎の悔しがりようったらなかったですよ。負けた時の面《つら》ったら、それはもう、大きな顔を歪ませて、小さな目が吊り上がっちまって。いい気味でした」

自分から挑んだのに負けてしまった。自分は元本職の相撲取りであったことを鑑《かんが》みれば、大五郎の悔しさはひとしおに違いない。しかも、大五郎からすれば卑怯この上ない手段によってである。負けたとは納得していないだろう。

「恨《うら》んでいるでしょうね」

「恨まれたってかまわんさ。こっちは、目的を達したのだからな。もう、二度と顔を合わせることもないだろう」

大五郎の素性が確かめられなかったことが多少心残りだが、相撲にも勝ったことだ

し、それもどうでもいいことだ。善次郎は背中の風呂敷を揺さぶった。助次も、

「そりゃ、そうだ。あとは、山村さまからお駄賃の百両を受け取るばかりですね」

「おまえは、家で昼寝でもしていればいいよ」

「旦那、よろしくお願い致します」

助次の声を背中に意気揚々と歩足を速めた。


昼八つ半（午後三時）山村屋敷を訪ねると用部屋に通された。時を置かず、用人の内藤掃部《かもん》がやって来た。以前に見たように身だしなみに寸分の隙もない。善次郎は傍らに置いた千両の風呂敷包みを内藤の前に出した。はらりと風呂敷を取り除ける。内藤の神経質そうな顔が一瞬にして笑みに満たされた。

「紅月殿、よくぞやってくださった。かたじけない」

内藤は善次郎の手を摑まんばかりの勢いだ。

「仕事でござる」

内藤は笑みを絶やさず、

「約束の日より一日早うござるな。いや、さすが、と感服つかまつった」

内藤はさかんに賞賛の言葉を並べ立てる。善次郎にすれば言葉などより、欲しいの

は礼金だ。

「紅月殿、まずは、粗餐《そさん》など進ぜたい」

内藤は善次郎の問いかけを待つこともなく、廊下に出て女中を呼び、膳の仕度を命じた。

「それにしても、見事な手腕ですな」

内藤は捲し立てる。善次郎が適当に相槌《あいづち》を打つ間に膳が運ばれてきた。鯛《たい》の塩焼きが載っている。酒は上方からの下り酒のようだ。

「さ、さ、一献《いっこん》」

内藤は蒔絵銚子を手にした。

「かたじけない」

杯を差し出す。それからも内藤は善次郎をさかんに褒《ほ》めそやす。神経質そうな外見からは窺《うかが》えない饒舌《じょうぜつ》さだ。善次郎はいい加減、聞き飽きたがそれを表に出すわけにもいかない。礼金を受け取るまでは我慢しようと思ったが、聞いているうちについ無口になっていく。内藤は構わずべらべらと話をした。銚子の代わりを内藤が求めようとしたのを頃合と見定め、

「そろそろ失礼申し上げる」

善次郎は腰を上げた。内藤は、

「まま、よいではござらんか」

「では、酔う前に」

善次郎は目に力を込めた。内藤は改まった顔をした。

「お約束の礼金を頂きたい」

内藤はかしこまって、

「これは失礼申し上げた」

と、言ってから目の前の膳を取り除けた。善次郎は身構える。内藤は風呂敷の小判の紙包みを一つ手に取り、

「どうぞ、お収めくだされ」

と、恭《うやうや》しく差し出した。

「では、遠慮なく」

受け取り着物の袂《たもと》に入れた。それから、視線を内藤に据える。内藤は両手をつき、

「申し訳ない。今日のところは五十両で勘弁くだされ」

「それは、しかし……」

納得できるはずはない。

「わかっております。お約束は百両でござった。そのことは重々承知しております。しかし、何卒今日のところは半分の五十両でお願いしたい」

内藤は額を畳にこすりつけんばかりの勢いだ。

「しかし、半分とは……」

いささか、拍子抜けである。酔いが醒めていく。

「そこをなんとか」

内藤はさかんに詫びる。

「わけは、何でござる」

「当家の台所事情、はなはだ苦しく、今は一両でも沢山手元に置いておきたいところなのでござる。お頼み申し上げる」

「では、残金の五十両はいつ頂けるのでござろう」

「なるべく、早くに」

内藤は渋面を作った。

「早くとは何時《いつ》でござる」

詰め寄ると、内藤はうつむいた。無理強いしても答えは出てきそうにない。相手は直参旗本だ。よもや逃げはしないだろう。焦ることもあるまい。今日、答えをもらわなくてもいいか。

「ま、今日のところは、これで失礼申し上げよう」

善次郎が言ったものだから、内藤はほっとした顔になった。

「かたじけない」

「なんの、では、今日はこれで」

袂に入れた五十両がそれでも心強い。が、助次に見せたらさぞかし落胆することだろう。かと言って、これ以上、強く出ても内藤からは一両たりとも引き出せそうにない。内藤の詫びの言葉を聞きながら廊下を歩き御殿を出た。中間部屋に目をやる。既に夕闇が迫っている。仁吉が出て来た。

「紅月の旦那、どうです」

仁吉は壺を振る仕草をして見せた。心にゆとりがあるせいか、仁吉の物腰柔らかさが心地良く感じる。かと言って、虎の子の五十両には手をつけたくはない。一両も手をつけないのは助次への礼というものだ。しかし、今日は博打がしたくなった。大五郎に勝ったという余韻が残っている。それに、壺振り師観音のお竜の顔も見たい。そんな善次郎の心の動きを敏感に感じ取ったのか、

「まあ、入ってくださいよ」

仁吉は手を取らんばかりの勢いだ。

「じゃあ、ちょっとだけな」

「旦那、この二、三日、顔を出してくださらなかったじゃありませんか」

玄関の上がり框《かまち》に腰かけると、仁吉は徳利をもって来た。

「酒はいい」

「どうしたんですよ。何か気に障ることでもありやしたか」

「別にないさ。掛合いで立て込んでいたんだ」

善次郎は帳場で財布から一両分だけ駒に替えた。賭場を覗く。相変わらずの顔が揃っていた。畳を白布で包み込んだ賭場の周囲を大店の商人、やくざ者、僧侶などが取り巻いている。もちろん、お目当てはそんな連中ではなく、彼らの視線を集めているお竜である。お竜は今晩も色白の肌に観音菩薩の彫り物を覗かせ鮮やかな手つきで壺を振っていた。

ちらりと、視線が合った。緊張が胸に走ったが、お竜の方は気にかけることもなく軽く視線を逸《そ》らされた。

「丁」

善次郎は駒を横向きに置いた。

「三、一の丁」

　お竜の声が響いた。

「旦那、調子いいですね」

　仁吉が声をかけてくる。

「たまたまだ」

　その言葉通り、善次郎はそれから、勝ったり負けたりを繰り返した。半時（一時間）ほども遊んで、結局、二分だけ浮いた。

「また、遊ばしてもらうぜ」

　帳場で換金すると、

「お願いします」

　仁吉は笑顔を見せた。

「また、来る」

　一朱を仁吉に手渡した。

「すんません」

　仁吉はにんまりとした。

　ちらりと視線をお竜に注いだ。お竜は淡々とした所作で壺を振り続ける。

「五十両か」

助次の落胆する顔が瞼《まぶた》に浮かんだ。


その頃、上総屋では騒動が持ち上がっていた。玄助の女房お菊が山村清之助へ貸し付けた千両について玄助を問いただしていたのだ。居間でお菊が玄助と大五郎の前に座り、

「この千両、なんだって貸し付けたの」

玄助はしどろもどろに、

「それは、山村さまのたっての願いだから」

「いくらお願いだって、千両も貸すことはないでしょう」

お菊はきつい目をした。玄助は口ごもる。お菊は嵩《かさ》にかかるように、

「返済は間違いないのでしょうね」

「それは、もちろん」

玄助は大きくうなずいたが、

「なんでそんなことが言えるの。山村さまは小普請組なんだよ。どうしたって、二千石の知行より収入増は見込めないでしょ」

「それは」

玄助は額に脂汗を滲ませた。お菊は意地の悪そうな笑みを浮かべ、

「大体、手堅い商いをしてきたおまえさんがなんだって、こんな危ない橋を渡ろうとしたの。なにか、山村さまに義理でもあるの」

「山村さまとは何代にも渡ってお取引していただいているし」

「そんなことは知っている。わたしは、上総屋に生まれたんだ。おまえさんよりも、よっぽどお得意さまのことは知っているよ。だったら、なんで、蔵宿師がやって来た時に借財に応じなかったんだね」

「それは、その時は宿師というものが信用できなかったからさ」

「それが、急に応じたのはどうしてなんだ」

お菊は執拗である。玄助が苦渋の表情を浮かべていると、それまで沈黙を守っていた大五郎が、

「山村さまに関しまして、噂があります」

お菊は視線を玄助から大五郎に移した。

「悪い噂かい」

大五郎は首を横に振り、

「近々のうちに長崎奉行にご就任になるというのです」

お菊の相好《そうごう》が崩れた。

「ほんとうかい」

「噂の段階ですが」

「じゃあ、貸した金は焦げ付かないということだね」

「うまく長崎奉行になれば、ということですが」

「そうなれば、焦げ付きの心配はない。それは、一安心するとして、忌々《いまいま》しいのは宿師だね」

お菊は険しい顔になった。

「まったくです」

大五郎も憎悪に大きな顔を歪ませる。

「このままじゃ、上総屋の暖簾に関わるよ。蔵宿師ごときに千両を巻き上げられたんじゃね」

「それについては、わたしに考えが」

大五郎は言った。

「どうするんだい」

「宿師を追い込んでみせます。上総屋の暖簾にかけまして」

「きっとだね」

「お任せください。わたしも昨年の暮れからお上さんに見込まれて雇われた身。ここらでその恩返しと、わたしの腕をご覧頂きます」

「それは頼もしいね。で、どうするんだい」

「まずは、山村さまのお屋敷に伺います」

　大五郎は大きく息を吸った。

「まったく、頼りない主だと店は大変だ。いい対談方を雇ってよかったよ。大五郎は肝が据わっている。地道に小銭をこつこつ稼ぐことしかできない主と違って大きく利を得る商いを身に着けている。大したもんさ」

　お菊は皮肉っぽい笑いを玄助に投げかけた。玄助は目を伏せ黙っていた。

第三章　地獄に観音

一

黒門町に戻った頃にはすっかり日が暮れていた。雲間に下弦の月がほの白く浮かんでいる。野良犬の遠吠えが聞こえ、それに上野寛永寺《かんえいじ》の鐘が五つ（午後八時）を打つ音が重なった。路地を出歩く者はなく家々の灯りが淡く滲んでいる。助次のがっくりする顔がちらつき足取りは重い。家が近づくにつれ歩みが遅くなる。それでも、帰らないわけにはいかない。

腰高障子に助次の影が揺れている。一息に開ける。

「お帰りなさい」

助次の弾んだ声が返された。胸が痛み、つい、視線をそらした。

「ああ、戻った」

「先にやってますよ」

助次は部屋で五合徳利を持ち上げた。皿には鯛のお頭つきもある。すっかり、祝宴気分だ。しなびた青瓢箪のような面差しがいい具合に赤らんでいる。

「魚屋に届けさせましたよ」

助次は善次郎を気遣っていたのだろう。鯛には箸がつけられていなかった。

「うまそうだな」

言いながら言葉に力が入らない。

「さあ、一杯」

茶碗を差し出された。

「おお、すまんな」

「じゃあ、祝杯ということで」

助次は勢いよく飲み干し、目を細めた。勝利の美酒といったところだ。いつまでも黙っているわけにはいかない。善次郎は一口だけ飲んで茶碗を畳に置き、

「それがな、これだけなんだ」

袂から五十両を取り出した。助次の細まった目が大きく開かれた。五十両包みを手

に取り、

「これ、五十両ですよね」

助次は不安そうに確認してきた。

「そうだ」

「そうだって、約束は百両だったじゃないですか」

「そうだったんだがな……。それがな」

内藤に泣きつかれたことを話した。助次は悄然《しょうぜん》とした面持ちで聞いていたが、やがて、茶碗を口に持って行き、ぐびりと喉を鳴らしながら飲み干すとがっくりと肩を落とし、

「残りは後日ですか……」

「陰気な顔をするな」

「だって、半分ですよ」

「今日のところはだ」

「そりゃそうですがね、ちゃんと残りを払ってくれますかね」

「払ってくれるとも」

言葉に力を込めた。

「そうですかね、あっしゃこのままずるずると先延ばしにされるような気がしますよ」

助次は投げやりな態度だ。

「きっと、払ってくれるさ」

「どうしてそんなこと、言えるんですよ」

「山村清之助が長崎奉行になるからだ」

「本当になれますかね」

「千両が猟官運動に役立つさ。長崎奉行になれば、残る五十両どころじゃない。もっと、色をつけてくれる」

「また、また。そんな。取らぬ狸の皮算用ですよ」

助次は当てにしていた百両が手に入らなくなり、すっかり意気消沈してしまった。

「一杯いけ、ほら、鯛もうまいぞ」

善次郎は箸を伸ばした。

「いただきますよ」

助次は鯛の身をほぐし、自棄《やけ》酒のように何度も茶碗を煽《あお》った。酒が進むうちに、

「ほんとに大丈夫でしょうね。旦那は意外と人の好いところがあるからな……」

しつこくからんでくる。

「大丈夫だよ」

「ほんとですか」

「しつこいぞ」

「だって、百両が五十両になってしまったんですよ。しつこくもなりますよ」

「おれが今までやると言ってやらなかったことがあるか」

善次郎は鷲鼻をこすった。

「そりゃそうですけど」

「なら、信じろ」

助次は神妙な顔でうなずく。

「いつまでもくよくよしているんじゃない」

「いくら嘆いても金が増えるはずはありませんけどね」

「そういうことだ」

「じゃあ、いっそ、景気よく、ぱっと、いきますか」

助次は表情を一変させた。

「その意気だ」

「よし、と」

助次は手拭いを額に巻いて立ち上がると両手を打って踊り始めた。口を蛸《たこ》のようにすぼめ、ねじり鉢巻で陽気に踊る。その姿は気分転換というより、自棄酒による悪酔いのようだ。善次郎も調子を合わせた。

酔いが回るにつれ、お竜の顔が脳裏にちらついた。


その二日後、四月二十一日の昼近く、善次郎が寝坊をしていると、助次が飛び込んで来た。

「旦那、大変だ」

助次の血相が変わっている。

「なんだよ」

布団に包まりながら返事をする。

「上総屋が訴えたんですよ」

助次はもどかしそうに部屋に上がって来た。

「訴えた……」

寝ぼけ眼《まなこ》に映る助次の顔は引き攣《つ》っている。

頭を掻きながら起き上がった。助次は勢いよく、

「上総屋が山村様を南町奉行所に訴えたんですよ」

「どういうわけで訴えたんだ」

目が覚めきらず声がくぐもった。

「蔵宿師を使って不当に千両を巻き上げたと訴えたんです。安岡の旦那から聞きました」

「ふ〜ん」

善次郎は大きく伸びをした。

「暢気《のんき》に構えている場合じゃないですよ」

「まあ、上総屋の言い分はわかるよ。本当のことなんだからな」

あくびを漏らし、着物の袖を捲って腕を掻いた。まだ、頭の中がすっきりとしない。

「また、そんな、他人事《ひとごと》みたいに……」

「心配するな、相手は旗本だ。町奉行所とは差配違いだろう」

「そりゃそうですがね、まずは、町方に訴えるのが筋ってもんでしょう。それから、しかるべく筋に持っていこうっていうんじゃねえですか」

「評定所か」

「このところ、町方では蔵宿師のことが横暴だって、問題になっているようですからね。どうなるんでしょうね……」

助次が言う、「どうなるのでしょう」が、残りの五十両を指すことは間違いない。ようやくのことで頭がはっきりとし出した。残金五十両が現実の問題としてのしかかってきた。

「心配ないさ」

言ってみたものの、根拠があるわけではない。町奉行所が山村の罪を弾劾することはできないが、内藤はこのことを口実に残る五十両の踏み倒しを考えるかもしれない。

「こら、まずいことになるかもしれませんや」

助次の心配はもっともである。

「そうとなったら……」

善次郎は起き上がった。こうしてはいられない。

「どうするんです」

「山村屋敷に行ってくる」

「行ってどうするんですよ」

「残り五十両をもらって来るさ」

「一緒に行きますよ」

「その必要はない」

「行きますよ」

「いや、それより、おまえは、上総屋の動きを探ってくれ。おそらく大五郎の差し金だろう。あいつのことだ、何か魂胆があるに違いない」

「そうか、あの野郎」

助次は唇を嚙み飛び出して行った。

「よおし、行くぞ」

善次郎は己に気合を入れた。


昼下がりとなり山村屋敷に到着した。紺地木綿の小袖に黒の角帯、足元は桐下駄だ。地味な装《よそお》いの中、落とし差しにした大刀の朱鞘がすこぶる目立つ。空は善次郎の不安を映すかのようにどんよりと曇っている。日は差さないが蒸し暑い。湿った空気に鉄錆《てつさび》の匂いがした。帰る頃には雨になっているかもしれない。傘を持って来なかった。山村屋敷で借りればいいか。そんなどうでもいいようなことを考えながら長屋門脇の潜り戸から身を入れた。

　御殿の玄関脇の控えの間に通され、内藤が現れた。内藤は善次郎を見るなり、

「困ったことになり申した」

　と、顔をしかめた。神経質そうな内藤が顔をしかめると事態の深刻さが際立った。が、それに流されてはいけない。内藤は上総屋による奉行所への訴えを口実に残金五十両の支払いを先延ばしし、最悪には不払いを言ってくるかもしれない。

　ここは、機先を制するに限る。

「上総屋が南町奉行所に訴えましたな」

　内藤はおやっとした顔をしたが、

「さすがは、紅月殿、耳が早いですな」

　感心したように大きくうなずいた。そのわざとらしい態度に腹が立ったが、それで気持ちを乱してしまっては負けである。落ち着けと自分に言い聞かせる。

「町方は旗本には差配違い、どうということはござらんでしょう」

「それは、そうでござるが、かと申して無視するわけにはまいりませぬ。かく申す、拙者《せっしゃ》は、内々に事情説明に南の奉行所に出向くことになっております」

「それは、大変ですな」

「厄介《やっかい》なことになりました」

「致し方ござらんな」

「いささか辛いお役目にござる」

内藤は同情を誘うように表情に落胆の色を浮かべた。

「で、どうされるおつもりか」

善次郎は意地悪く薄笑いを返した。

「さあて」

内藤はため息を吐いた。

「わたしのことを申されるか」

「滅相もない」

内藤は大きくかぶりを振る。

「ならば、知らぬ、存ぜぬ、で押し通されるか」

「曖昧《あいまい》にごまかすが順当でしょう」

「で、残る五十両ですが」

残金のことをはっきりさせなければならない。内藤の目が警戒するように凝らされた。

二

「そのことですが、こんな事態になりましたので」

内藤はのらりくらりと摑み所のない物言いをした。やはりだ。残金先延ばし、あるいは不払いに出てきた。

断固拒絶すべきである。

「事情はわかっております」

「ならば、お汲み取りくだされ」

「しかし、約定《やくじょう》の金は金でありますぞ」

「わかっております」

「約定の金、お支払い頂けないとなれば、山村さまの沽券にかかわるのではござらんか」

詰め寄るように身を乗り出した。

「ですから、お支払いせぬとは申しておりませぬ！」

内藤は語気を荒げた。気持ちが高ぶっているのは自分に非があると思っている証拠だ。内藤が後ろめたさを抱いている限り勝算有りである。こっちは、とことん落ち着いた対応をすべきだ。一緒になって熱くなっては掛合いにならない。喧嘩だ。そうなっては、事態はややこしくなり、取れるものも取れなくなる。

善次郎は笑みを送り、

「おおっと、ここはお怒りになるのは筋違いというものでしょう」

内藤は痛い所を突かれたように口ごもった。

「残る五十両を頂戴いたしたい。それで、わたしの用向きは全て終わるのです」

一言一言を内藤の胸に刻むようにゆっくりと告げた。内藤は落ち着きを取り戻し、

「う〜ん」

苦悩するように顔をしかめた。

「内藤殿、すっきりとしましょう」

「しかし、今すぐというのは……」

内藤は煮え切らない。相手を追い詰めてしまっても駄目だ。抜け道を用意してやらないと。こちらも歩み寄る姿勢を見せるのがいい。

「ならば、何時《いつ》ならばお支払い頂けますか。期日を決めていただきたい」

「そうですな……」

「せめて、期日を決めていただかないことには、拙者としましても帰るわけにはいきませんな」

善次郎は腕を組んだ。最低限支払いの期限を決めなければ掛合いは失敗である。ここは、てこでも動かないという意志を示す。

「明後日、卯月二十三日には……」

内藤は搾《しぼ》り出すように口に出した。

「駄目ですな」

強い語調で突っぱねる
「では、明日」

「駄目です」

さらに声を高める。内藤は苦悩の色を濃くした。明後日が明日になったということとは今日にだって支払えないことはないだろう。ここは、押すに限る。

「今日です。今すぐ払ってくだされ。でないと、わたしはお屋敷を出ることができません」

善次郎は鷲鼻を震わせ内藤を睨みつけた。

「今すぐでござるか」

内藤は目を伏せ、肩を落とした。

「今すぐです。どうか、お願い致す」

表情を和らげた。

「さようですな」

内藤は口ごもっていたが、善次郎の強い態度に、ようやくうなずき、

「では、暫時《ざんじ》待たれよ」

内藤は重苦しい顔で部屋を出た。

きっと、これから協議するに違いない。しばらく待たされるだろう。長期戦を覚悟しよう。

となると、一眠りするか。

善次郎は仰向けに寝転がった。が、善次郎の予想は外れた。時を要することなく、廊下を足音が近づいて来る。うれしい誤算であって欲しい。身を起こすと襖が開き、

「お待たせした」

内藤が入って来た。

「お急ぎくださりかたじけない」

「今すぐにお支払いするのではござらん」

期待に膨らんだ胸がしぼんでいく。

「いや、ちゃんと今日中にはお払い申す。勘定方がうるさいのでな、色々と時がかかるのでござるよ。夕刻までにはお払いする」

内藤は言い訳をしたが、その顔はどこか晴れ晴れとしたものだった。踏ん切りがついたのだろう。払おうと思えば払えるのではないかという不満が胸をついたが、それを口に出すこともない。五十両、手に入ればそれでいいのだ。

「わかりました。では、ここで待たせていただきましょう」

「かたじけない。ここでは、手持ち無沙汰でござろう。金が用意できるまで、中間部屋にて過ごされよ」

中間部屋で過ごすことが博打を勧めていることは聞くまでもない。実際、他にやることもない。お竜の顔を見ながら時を潰すのも悪くない。

「そうさせていただきましょう」

善次郎は腰を上げた。いい心持ちがした。

中間部屋に入る頃には辺りは薄闇に包まれ雨になっていた。風も強くなり、横殴り

の雨に晒されたが不愉快な気はしない。帳場を覗くと、

「おや、旦那」

仁吉が愛想よく迎えてくれた。手拭いで背中の雨を拭いてくれた。嫌味のないごく自然な所作は好感が持てた。

「今日はどれくらい用立てますか」

「そうだな、三両ほども頼もうか」

「おやすい御用です」

仁吉に駒を回してもらい、賭場に行く。お竜の姿を追う。

「さあて」

つい、機嫌の好い声を漏らした。

「旦那、馬鹿にうれしそうじゃござんせんか」

仁吉が声をかけてきた。

「まあな」

「今日の旦那は怖いぞ」

仁吉が言うや、善次郎は、

「半」

と、駒を縦に置いた。お竜が、

「一、二の半」

と、声を放つ。

「どうだい」

つい、仁吉を得意そうに振り返った。

「こら、かなわねえ」

言いながら仁吉は帳場に引っ込む。善次郎は浮き立つ気持ちを抑えられない。つきというのは恐ろしいもので、張る目、張る目、ことごとく的中した。仁吉が寄って来て、耳元で囁いた。

「旦那、一息入れてくださいよ」

「そう行きたいところだが、今日はついているんだ。つきが落ちないうちに稼がせてもらうよ」

善次郎は一分を差し出した。仁吉は受け取ることなく、

「内藤さまからの差し入れですよ」

笑みを送ってきた。

「そういうことなら無視もできんか」

仁吉の案内で先日通された小座敷に行く。

「さ、どうぞ」

座敷には食膳と酒が用意されていた。江戸前の刺身に天麩羅《てんぷら》、鰻《うなぎ》の蒲焼もあった。屋根を打つ雨音が耳をつき、風の音も激しくなり嵐が到来したようだ。

「酒は伏見の逸品ですぜ」

仁吉はうれしそうに言う。

「おまえもどうだ」

心が浮き立ち、仁吉にも勧めてしまう。仁吉は小さくかぶりを振り、

「お気持ちだけでけっこうでござんすよ」

「まあ、そう言わず、飲め」

半ば強引に杯を押し付けた。仁吉は善次郎の機嫌を損なうことを恐れたのか、

「じゃあ、一杯だけ」

と、杯を出した。善次郎の酌を受け、

「旦那、それじゃ、あっしは賭場がありますんで」

申し訳なさそうに頭を下げ足早に出て行った。今日も鰹のたたきが添えられている。一切れ頬張った。この前よりも脂が乗っているような気がして美味いと思った。

あれから六日だ。六日前の鰹に比べどれ程脂が乗っているというのか、落ち着いて味わえば変わりはないのかもしれない。都合百両を手にできる高揚感が舌を刺激しているのだろう。自然と酒も進んだ。あっという間に銚子が空になる。物足りない気分に包まれた。膳の料理にはほとんど箸をつけていない。すると、

「失礼申します」

と、女の声がした。

「どうぞ」

蒲焼を頬張り返事を返す。女が二人入って来た。女中にしては値の張りそうな着物に身を包んでいる。化粧も濃く、身のこなしも艶めいていた。女の一人が蒔絵銚子を持参していた。

「お替わりでございます」

「おお、気がきくな」

杯を差し出すと、女二人が両脇に侍《はべ》った。大尽《だいじん》気分である。

「どうぞ」

ほろ酔い気分で白粉の濃厚な香りを楽しむと、限りない心地良さに身を置くことができた。頬は緩みっ放しだ。

「おまえたちもどうだ」

機嫌よく声をかける。

「いいえ、わたしたちは」

女の一人が言う。

「遠慮するな」

「お侍さまこそどうぞ」

「そうか、ならば」

杯を差し出す側から、もう一人の女が、

「天麩羅もどうぞ」

箸でキスの天麩羅を摘み口に運んでくれた。善次郎は二人にされるがままになった。

「おまえたち、山村さまの奥女中か」

そうは思えない。案の定、

「柳橋の芸者です」

「今日はこの屋敷で宴席でもあるのか」

「そうです」

「ならば、わたしの相手などしている場合ではないだろう」

「いいえ、お侍さまは大事なお客さまだからもてなすよう内藤さまから申し付かりました」

「ほう、内藤殿がのう」

内藤なりに気を使っているのだろう。

「どうぞ、お飲みください」

善次郎は勧められるまま杯を重ねた。

いい気分に酔った。格子窓から吹き込む風雨までもが心地良く感じられる。瞼が重くなった。抗《あらが》おうと思ったが、まどろみに身を任せてしまった。

三

目が覚めた。

暗い。頭がぼやけている。それどころか、頭の中が重い。ここはどこだと顔を上げた。風雨が激しさを増し、荒れ狂っているようだ。賭場の小座敷で飲んでいたことを思い出した。ずいぶんと贅沢な接待をされた。すると、ここは賭場のはずだが、その気配はない。湿った空気が漂っている。寝ているのも畳ではなく板敷きである。しかも身動きができない。荒縄で全身を縛られていた。

顔だけ動かす。大刀がない。天窓から雨が入ってくる。屋根瓦から大量の雨が流れ落ちているのがわかる。周囲は漆喰《しっくい》の壁だ。どうやら蔵のようだ。何故、蔵に寝かされたのだ。しかも、芋虫のようにぐるぐる巻きにされて……。

どんよりとした痛みが頭の中に巣食っている。考えをまとめようとした時、引き戸が開いた。風雨が吹き込んできた。手燭の灯りが妖《あや》しく揺れている。目を細めながら、黒い影となった男に視線を凝らす。内藤だった。内藤は傘を戸口に立てかけゆっくりと近づいて来た。

「目が覚めたか」

内藤の声はひどく陰湿だった。

「これは、何の座興かな」

見上げると、

「じきにわかる」

内藤は薄笑いを浮かべた。悪い予感で胸苦しくなった。六日前の初対面を思い出した。理由はわからないが、用心せよ、と心の奥底で警鐘が鳴っていたのだ。直感が当たった。己の人を見る目の確かさを思ったが、当然ながら誇る気にはなれない。それどころか、直感を生かすことができなかった不明を恥じるばかりだ。

戸口で雨を跳ね上げる足音がした。仁吉が子分を連れて入って来たのだ。

「どうした。賭場の歓待にしては妙な趣向だな」

「すんませんね、旦那」

仁吉は笑みを浮かべているが、三白眼は氷のような冷たい光を帯びていた。いつか、賭場で垣間見た背筋がぞっとなるような目だ。本性を表したということだろう。

「これはなんの真似だ」

内藤を睨んだ。

「紅月殿。貴殿、わが殿の義弟を騙《かた》り、札差上総屋から不当にも千両を騙《だま》し取ったそうじゃな」

耳を疑った。

「何を言っているんだ」

内藤はそれには返事をせず、

「わが殿の義弟を名乗るとは、しかも、それを利用して千両もの大金を騙し取るとは不届きにもほどがあるぞ」

眉間に皺を刻んだ。

「おれのことをはめようというのか」

もはや、我慢がならない。しかし、縛られたままでは手足どころか指一本満足に動かすこともできなかった。

「なにを悪党」

内藤は白々しい怒りを爆発させた。

「おい、仁吉」

仁吉を睨んだ。仁吉は罪悪感を抱いているのか目をそらした。いや、これは善次郎の願望かもしれない。いくら慣れ親しんでいるとはいえ、この場で情けをかけてくれることなどあり得ない。内藤が言った。

「おまえは、自分の罪を認めるのだ」

「馬鹿な。やってもいない罪を何故認めなければならん」

「認めれば、わが殿から町方にしかるべく要請をしてやる。さすれば、軽い処分ですむだろう」

「白々しいことを抜かすのも大概にしろ。おれは、おまえの頼みで上総屋から千両を引き出してやったのだ。どうして、そのおれが罪を背負わねばならないんだ」

怒りで燃える目で見上げた。

「それは、通用せんぞ。おまえの罪は明らかなのだ」

「ならば、おれの方から訴えてやる」

「訴えるなどはできん。おまえは、町方に引き渡されるのだ」

「ならば、お白州で堂々と証言してやるさ。上総屋もお白州には出てくるだろう。その場で、おまえから預けられた借用書と書付を上総屋に持参させるよう奉行所で要請する。上総屋の証言も揃う。貴殿や山村の殿さまの依頼で動いたとはっきりするぞ」

善次郎は吠えた。内藤に屈することはできない。あくまで強気で押し通すしかない。内藤は酷薄な笑みを顔に貼り付かせたまま、

「そんなことはできんさ」

その顔は先ほどまで善次郎の機嫌を取っていた男とは別人のように偉ぶっていた。底意地の悪そうな笑みの奥に邪悪な人柄を滲ませている。

「どういう意味だ」

「上総屋はそのような証文も書付も持参せんだろうからな」

内藤は声を放って笑った。闇の中に耳障りな笑い声だ。

「どういうことだ」

「このこと、上総屋が訴えておるのだ」

内藤は笑みを深めた。

「上総屋が……」

上総屋は一体どんな動きに出たのだろう。

「そうだ。上総屋はおまえを詐欺師だと町奉行所に訴えた」

「なんだと」

思わず大声を出した。そういうことか。こいつら上総屋と組んだのだ。汚い。汚いにもほどがある。目的達成のためには手段を選ばない自分にも信条としていることがある。

依頼人を裏切らないことだ。

内藤を汚いと言えない自分だが、内藤と上総屋のやり口はひど過ぎる。これでは、何をよすがに仕事をすればいいのか。憎悪の炎に身が焦がされた。

「おまえは、上総屋で詐欺を働き千両を手にした。こともあろうにわが殿の義弟の名を騙ったのだ。当家の面目を傷つける所業だ。到底許せるものではない。よって、当家が面目にかけて捕縛をした。捕縛したからにはその身柄、当家から南町奉行所へ差し出すつもりだ」

内藤は威厳を示すように声を低めた。

「突き出すのなら、突き出せ。おれは、絶対罪は認めんぞ」

負けるものかと喚《わめ》きたてた。内藤は一向に動ずることもなく、

「ところが、ここにおまえの自白書がある」

眼前に白い物をひらひらとさせた。次いで、善次郎の鼻先で広げた。仁吉が手燭を近づける。視線を凝らす。達筆な文字で、善次郎が山村清之助の義弟を騙り上総屋から千両を騙し取ったに相違ないと記されていた。

「こんな出鱈目《でたらめ》、ただの紙くずだ」

跳ね返すように睨んだ。内藤は、

「そうはいかん」

「どういうことだ」

「おまえの署名と爪印があれば正当化されるのだ」

「おれが、そんなことをするはずがない」

「するさ。できなければ、身体に言うことを聞かすまでだ」

内藤は仁吉に向いた。善次郎も仁吉を見上げる。

「おまえ、おれをいたぶるか」

仁吉は軽く頭を下げ、

「すんません、こちとら胴元のご意向には逆らえねえんで」

仁吉にすれば当然のことだ。理解はできるが許す気にはなれない。

「勝手にしろ」

善次郎は横を向いた。仁吉が子分に目配せをした。子分が善次郎の背後に廻り縄を解く。縄目が緩んだ。と、

「退《の》け！」

手足を激しく動かす。子分たちは仰《の》け反《ぞ》った。しかし、長時間に渡って縛られていた手足は動きが鈍り、強い衝撃を与えることはできなかった。その後の動きも迅速《じんそく》というわけにはいかない。それでも、内藤に体当たりをする。内藤はもんどり打って倒れたが、すぐに仁吉が飛び出して来た。

「退けってんだ」

仁吉の顔面を殴った。痺《しび》れが残る右手に渾身の力を込めた。仁吉はうめき声を漏らし膝をついた。引き戸に向かった。蔵を出ると奇特なことに、嵐の中、子分たちがうじゃうじゃと固まっていた。みな、濡れ鼠になりながら匕首《あいくち》を持ち、すごい形相《ぎょうそう》で睨んでいる。善次郎の体力はそこまでが限界だった。背後から仁吉が、

「旦那、手こずらせねえでくださいよ」

振り返って目に映った仁吉の顔は鼻血で汚れていた。すかさず、多勢の子分に囲まれた。蔵の中に引き戻される。

「吊るすぞ」

仁吉は子分たちに命じた。子分たちは梁《はり》に荒縄を通し、器用な動きで滑車にからませた。善次郎は両手を縛られ吊るし上げられた。着物のもろ肌が脱がされる。上半身がむき出しとなった。仁吉は鼻の穴に懐紙を丸めて突っ込んだ。この危機的な状況にもかかわらず、その表情に妙なおかしみが込み上げた。

子分が竿竹を手にした。

「やるならやれ」

善次郎は歯を食いしばった。

「やれ」

と、内藤が甲走った声で命じた。子分が竿竹で思い切り善次郎の背中を打った。背中を濡らした雨粒が飛び散った。鋭い痛みが走りうめき声が漏れる。

「どんどんやれ」

内藤は容赦《ようしゃ》がない。

子分は竿竹を五回連続して振るった。

「署名と爪印を押すか」

内藤が顔を近づけてきた。

「うるさい」

善次郎は内藤の顔目掛けて唾を吐きかけた。

「早く言うことをきかせろ」

内藤は仁吉を怒鳴る。仁吉は表情を消し、竿竹を受け取ると善次郎を打ちつけた。腹、胸、背中、容赦なく打たれる。善次郎の額から汗が滴《したた》り落ちる。仁吉も疲れを滲ませ肩で息をした。

「いい加減、言う通りにしてくださいよ」

仁吉は懇願口調だ。

善次郎は哄笑を放った。強がることでしか己を鼓舞できない。断じて屈してはならないのだ。

「こうなったら、仕方ねえや」

仁吉が子分の一人に耳打ちをした。子分は蔵から出て行った。善次郎は大きく息を吐いた。この時、これまでの半生で味わったことのない恐怖心がこみ上げた。仁吉は何をしようというのだろう。拷問の恐怖の最たるは、何をされるかわからないという不安だと聞いたことがある。今、まさにその言葉が実感できた。歯が嚙み合わない。

そのことを仁吉に悟られまいと唇を強く嚙んだ。

四

やがて、子分が戻って来た。手に火箸《ひばし》と火桶を持っている。

「旦那、あっしも、こんなことはしたくねえんですよ。恨みはないし、旦那はいい客ですからね。ここらで、署名と爪印、捺《お》してくれませんかね」

仁吉は火箸を善次郎の眼前にかざした。火箸から煙が立ち上り、淡い橙《だいだい》色の炎を放っている。こんな物で身体を焼かれたらたまらないだろう。何をされるのかがわかったが、今度は恐怖が現実となるのだ。激痛という現実に……。

「旦那、どうです」

仁吉は顔をしかめて見せた。

「やるならやれ」

精一杯の強がりと、負けるものかという自身への叱咤《しった》を言葉に込めた。内藤が目配せする。火箸による拷問の開始を合図するように雷鳴が轟いた。腹の底に響くような大きな雷だ。

「じゃあ、覚悟してくださいよ」

仁吉は火箸を善次郎の背中に押し当てた。

「うう」

口から悲鳴が漏れ、身体がびくんとそり返った。背中が熱い。言葉に表せないほどだ。じゅうという肉の焼ける音がした。次いで、肉の焦げる臭いが漂った。内藤は顔をそむける。仁吉はどこかやさしげな表情で、

「ね、言ったでしょう。とても耐えられるものじゃありやせんや。あっしだったら悲鳴を上げて、どうかお許しください、なんでもおっしゃる通りにしますって、こっちからお願いしちゃいますね。余計な無駄話までぺらぺらとしゃべっちゃいますよ。おっかなくってね」

「うるさい、もっとやってみろ」

善次郎は強がりを言うことで心の均衡を保とうと思った。このままでは気が狂いそうである。

「さすがは、旦那だ」

　仁吉は笑顔を消した。雷光が走り、背筋がぞっとするような冷たい目が浮かんだ。焼き火箸を再び背中に押し付けた。耐え難い痛みである。善次郎の形相は激しく歪《ゆが》んだ。そのまま、意識が遠退《の》く。

　と、水を浴びせられた。

「旦那、どうです」

　最早《もはや》、言葉を発するのも億劫《おつくう》だ。弱々しく首を横に振ることしかできない。

「困りましたね。これ以上、続けると旦那の命が心配だ。このあたりでこちらの要求に屈したとしても、決して恥ずかしいことじゃありませんや」

「おまえらの言うことはきかん」

　かすかに残る意地がそう言わせた。

「旦那、命が惜しくはねえんですか」

「惜しいさ」

「なら、素直になってくださいよ」

　それには首を横に振って答えとした。

「あっしゃ、これからも旦那が賭場での勝負っぷりを見たいんでさあ」

　仁吉は火箸をかざした。善次郎は薄笑いを返した。

け反らせ、それからがっくりとうなだれるだけだ。

「行きますぜ」

今度は腹に押し付けられた。悲鳴も漏れない。釣り上げられた魚のように身体を仰け反らせ、それからがっくりとうなだれるだけだ。

仁吉は内藤を向き、

「これ以上やると死んでしまいますぜ」

「死なせてはいかん。この者を詐欺に仕立てねばならんのだ」

「なら、少し、間を取りましょう」

「おまえに任せる」

内藤は凄惨な拷問に付き合うのに辟易《へきえき》したのだろう。不機嫌に口を硬く引き結び足早に立ち去った。

「旦那、一休みだ。明け方にまた、来ますぜ。でもね、今度は手加減しませんよ。本気でいきますからね」

仁吉は凄みのある笑みを投げてきた。仁吉は愛想の仮面をかなぐり捨てていた。

「それは、楽しみだな」

最早、強がりではなく悪あがきである。仁吉は肩を揺すって笑い、

「なんだか、ぞくぞくしてきましたぜ。旦那みてえなお人は初めてだ。こんなしぶと

い人はね。こら、なんとしても、言うことをきかせたくなってきやしたよ」

仁吉は言うと子分たちを引き連れ蔵を出て行った。

上半身は火傷《やけど》、青痣《あおあざ》で覆われていることだろう。我ながら、醜い身体になったものだ。早く逃げ出さなければならない。朝になったら、仁吉の奴がどんな拷問をしてくるのか知れたものではない。考えただけで身の毛がよだつ。縄を揺すぶった。滑車の軋《きし》む音がする。身体も揺れたが、頑丈に括《くく》られた縄は両手に深く食い込みとても外せそうにない。

今受けた拷問に数倍するであろう苦しみが待ち受けていると思うと鳥肌が立った。腹の底から恐怖心が湧き上がる。仁吉という男、脅しをかけることも言葉を荒げることもなかった。淡々と、柔らかな表情で拷問を行うその姿は、異様な不気味さを持っていた。拷問を心の底から楽しんでいるようだ。次は言葉通り容赦しないだろう。とてつもない苦しみ、痛みを伴う拷問を繰り出してくるに違いない。

どうする。

堪えられるだろうか。かりに、拷問に屈したとして、この自白調書に署名と爪印を捺したらどうなる。自分は詐欺を働いたとしてしかるべく処分を受ける。内藤が言った山村清之助が取り成してくれるということはあてにはできない。

死罪か。

十両盗めば首が飛ぶ、というのが定法だ。盗んだわけではないが、千両である。幕府の蔵米を扱う札差から直参旗本の名を利用した不届き者という扱いを受けるだろうから、この首が飛ぶことを覚悟せねばならない。

死ぬのか。

どじったものだ。残金五十両欲しさに命を捨てることになるのか。

この絵図を描いたのは……。大五郎の大きな顔がまざまざと脳裏に浮かんだ。

「おのれ」

歯嚙みした。あいつにしてやられたのか。悔しさで胸が張り裂けそうだ。居ても立ってもいられない。狂おしいほどの激情に駆られ身体を揺すった。なんとしてもここから抜け出さねばならない。このままでは終わらない。大五郎の奴に煮え湯を飲ませねば納まらない。

腕に全力を込めた。縄から逃れたい。しかし、もがけばもがくほど縄が却って腕に食い込んでくる。悪あがきとはわかっている。しかし、悪あがきであろうとここから抜け出さないことにはどうしようもないのだ。

「畜生」

嘲《あざけ》りの言葉は自分に返ってくる。自分の迂闊《うかつ》さ。浮かれ気分で柳橋の芸者の接待を受けていた己をこそ笑うべきだ。まんまと、罠に嵌《はま》った愚かな男なのだ。

いっそのこと死ぬか。

舌を嚙み切れば、死ぬことはできる。仁吉の拷問からは逃れることができるだろう。

楽になれる。そんな誘惑に駆られた。しかし、死んでしまっては元も子もない。なんとしても大五郎と山村たちに一泡吹かさないことには気持ちは静まらない、と思い直す。

どうすればいい。

拷問を耐え抜くか。しかし、その後に何が待っている。死ではないのか。たとえ、自白調書に署名しなかったとしても、善次郎をそのまま解き放つとは思えない。どのみち、死が待っているのだ。

考えれば考えるほど、絶望の淵に立たされた現実を思い知った。

——おや——

気がつくと、外は静かだ。荒れ狂っていた風雨が止んでいる。嵐が過ぎ去ったようだ。それを示すように天窓から月光が差している。

と、引き戸が動く。仁吉が予定を早め戻って来たのか。音を立てることを憚《はばか》るようなゆっくりとした動作で開けられた戸口から月明かりが差し込んだ。月光に人の黒い影が浮かんだ。その黒い影は、

「お竜」

観音のお竜が立っていた。お竜の影は優美な曲線を描いている。手に善次郎の大刀を持っていた。ゆっくりと足音を消し、善次郎の近くまでやって来た。やおら、大刀を抜く。刀身が月光を弾いた。お竜は大刀で縄を切った。

善次郎の身体が板敷きに転がった。お竜は刀を手渡した。善次郎は両腕を縛った縄を切り解いた。血の流れが良くなり、身体が軽くなったような気がした。

「すまん」

「ずいぶんと派手にやられたもんだね」

お竜は感情の籠《こ》もらない物言いだ。

「ああ、ちっとばかりな。それより、どうしておれを助けてくれるんだ」

「そんなことより、急ぎな。じゃないと、見つかるよ」

「そらそうだ」

大刀を腰に差し、着物を着た。身体中がひりりと痛い。

「あたしは、行くよ」

「礼がしたい」

「見つかったらまずいよ」

「なら、谷中の幸集寺を訪ねて欲しい」

弟、日念の所に身を隠そうと思った。

「気が向いたら行くよ」

お竜はそう言うと、くるりと背中を向けた。

「助けついでと言ってはなんだが、頼まれてくれ」

自分は谷中の幸集寺にいるという伝言を助次にも頼んだ。お竜は了解したとも断るとも言わず、黙って去って行った。地獄に仏、いや、観音菩薩が現れた。おかげで、命拾いができたわけだ。

第四章　強欲の競演

一

蔵を出た。夜空に二十日余の月がくっきりと浮かび、屋敷を黒い塊《かたまり》のようにうっすらと浮かび上がらせていた。嵐が通り過ぎ、夜風が若葉の香を運んでくる。みずみずしい新緑の息吹を味わい、生きていることを実感できた。屋敷は眠りの中にある。善次郎は走ろうとした。だが、身体が言うことをきいてくれない。ゆっくりと歩を進め、松の幹を抱いた。芋虫のようによじ登り、枝に取り付くと築地塀の屋根瓦に降り立つ。往来を見定める。

幸い誰もいない。極力、音を立てないようゆるゆると降り立つ。そのまま築地塀に沿って歩んだ。谷中に足を向けることにした。幸集寺を目指す。助次にはお竜が知らせてくれるだろう。全身に痛みが走り、歩くことさえ億劫《おっくう》だ。だが、ここで立ち止まることはできない。

とにかく夜道を急いだ。

幸集寺の山門が見えた。既に白々明けである。小鳥が鳴き始め、中天は乳白色に煙っているが、東の空は紅を薄く延ばしたように赤らんでいた。空気は冷たく、着物を通して火箸で受けた傷がひりひりとする。薄靄《もや》に覆われた境内は静まり返っている。庫裏の裏手に回った。まだ、雨戸が閉じられていた。

「すまん」

雨戸を叩いた。しばらくして雨戸が開けられた。日念は既に墨染めの衣を身にまとっていた。善次郎の顔を見るなり驚きの声で、

「どうなさったのです」

「事情は後で話す。寝かせてくれ」

縁側に倒れ込んだ。日念は善次郎を抱き上げ、肩を貸した。そのまま寝間に入る。日念は手早く布団を敷いてくれた。

「さあ、兄上」

言われるまでもなく、善次郎は布団に寝転んだ。身体はひどく重い。たちまちにして、睡魔が襲ってきた。目の前が真っ暗になった。

ぼんやりと霞《かすみ》がかかった情景が広がっている。武家屋敷の座敷だ。白装束の武士が倒れ伏している。畳を鮮血が赤黒く染めていた。

「父上、父上」

善次郎は武士を抱き上げた。父の両の瞼は閉じられ、物言わぬ骸《むくろ》と化していた。

「ご無念でございましたな」

むせび泣きはやがて慟哭《どうこく》となった。

子供たちの声が耳に入った。

「うう」

寝返りを打つ。子供たちが悪夢から現実に引き戻してくれたようだ。ぐっしょりと寝汗をかき、着物が背中に貼り付いていた。

「そのまま」

日念の心配そうな顔が目に映った。眠りが幾分か体力を回復させてくれた。日念は父が切腹した事実は知っているが、その時の様子は覚えていないだろう。敢《あ》えて、話したこともない。

「今、何時だ」

「昼九つを過ぎた頃です」

「そうか、ぐっすり眠れたわけだ」

途端に痛みが襲ってきた。

「いけませぬ、無理をなさっては。ずいぶんとうなされておられましたよ」

夢のことは黙っていた。十五年も前のことだ。日念は五歳だった。もう一度瞼を閉じた。しかし、眠くはない。拷問で受けた痛みが眠気を追い払っている。

「兄上、いかがされたのです」

「どうもない」

「身体中、ひどい怪我《けが》を負っておられますよ」

今になって気づいたが、善次郎は白木綿の寝巻きを着せられていた。肌に晒《さらし》が巻かれている。塗り薬も付けられているようだ。着替えの時、日念は善次郎の傷を確認したのだろう。

「お医者に診《み》ていただきました。お医者も驚いておられましたよ。よくこれだけの火傷や怪我を負って歩けたものだと」

善次郎は苦笑で返した。日念は善次郎を安心させようと思ったのか微笑みながら、

「でも、お医者は傷を検《あらた》められ、見かけほどひどくはないと診たてられました。火傷にしましても表面の皮や肉を少し焼かれているだけで、骨にまでは達していないそうです。薬をつけ、晒を巻いておとなしく寝ていれば三日くらいで歩けるようになる、とのことです」

「そいつはありがたい」

仁吉は手加減をしてくれたのだろう。感謝する義理はないが、借りを作ったような気がした。

「一体、どうされたのです」

日念に余計な心配はかけられない。たとえ、疑わしく思われようがごまかすほうがましだ。

「ちょっとした喧嘩だ」

善次郎は上半身を起こした。

「ちょっとした喧嘩で火傷など負うものですか」

日念は眉根を寄せた。

「たちの悪い連中でな。焼き火箸で挑んできやがった」

「物騒な連中とつき合いがあるのですね」

「世渡りをしているとな、色んな人間と関わらなければならんのだよ」

「そんなものでしょうか」

「おまえの知らない世界。いや、知る必要のない世界だ」

日念はまだ納得ができないように首を捻ったが、

「腹減ったな」

という善次郎の言葉に、

「朝餉《あさげ》、いや、昼餉《ひるげ》を持ってまいります」

部屋から出て行った。

日念を争い事に巻き込むことはできない。しばらく、ここで厄介になるにしても長居はしたくない。それに、自分をこんな目に遭《あ》わせた連中をこのままにしてはおけない。きっと連中の方も、自分を血眼《ちまなこ》になって追っているはずだ。

とすれば、なんらかの方策を立て、反撃に出なければならない。

「おじちゃん」

縁側から子供の声がした。善次郎がいることを子供たちは気がついたようだ。子供の声を聞くと、全身に元気が甦った。痛みを気遣いながら布団を抜け出て、障子を開けた。明るい日差しと共に男の子が善次郎に抱きついて来た。

「いてて」

肩と言わず、背中と言わず、痛みが走る。

「どうしたの」

思わぬ反応に男の子は目を丸くした。怪我のことは隠し無理に笑顔を作った。他に数人の子供たちがいる。

「なんでもない。遊ぶぞ」

「うん」

善次郎は子供たちを連れ、縁側から庭に降り立つと境内に向かった。善次郎が姿を現すと、他の子供たちも歓声を上げて走って来る。

「善次郎のおじちゃんだ」

「おじちゃん、鬼ごっこしよ」

善次郎は男の子を肩車にし、

「よし、おれが鬼だ。十を数えるぞ」

大きな樫の木に向かった。男の子を肩から下ろし、

「一、二、三」

と、大きな声で数え始める。子供たちは真剣な顔つきになって境内の四方に散った。本堂の階《きざはし》の陰に隠れる者、縁の下に隠れる者、山門に走り寄る者、思い思いの隠れ場所に潜む。

「九、十、行くぞ」

善次郎は振り返った。初夏の薫風《くんぷう》に吹かれ、薄暑の日差しが降り注ぐ境内は白っぽく輝いている。見回すと、躑躅《つつじ》の木陰から着物の端が見えた。

「新吉、見つけたぞ」

新吉と呼ばれた子供は、

「見つかったか」

と、笑顔を弾けさせた。それからも、善次郎は浮き立つ思いで子供たちを追いかけた。子供たちと歓声を上げながら鬼ごっこに高じた。すさんだ気持ちが和らいだ。

日念がやって来た。

「お食事の用意できましたよ」

「ありがたい」

善次郎が庫裏に戻ろうとすると、

「もっと、遊ぼ」

「今度はおいらが鬼だ」

子供たちは名残おしそうに引き止められる。

「すまん、おじちゃん、腹がぺこぺこで動けんのだ」

善次郎が情けなさそうに腹をさすると、子供たちは笑い声を上げた。

「さあ、腹一杯食べるぞ」

腹を撫でながら庫裏《くり》へ戻った。

寝間に戻ると、

「兄上、どうぞ」

日念は粥《かゆ》に梅干を添えてくれた。今は粥だけでもありがたい。

「いつも、子供たちの相手をしてくださり、ありがとうございます」

日念は改まった顔をした。

「そんなことを気にするな。おれは子供たちの顔を見ていると、なんとも心が和むのだ」

「そう言っていただけると、ありがたいのですが」

日念は目を伏せた。

「どうした」

「なんでもございません」

「そんなことあるまい。言いたいことがあったら遠慮なく言ってくれ」

日念はしばらく躊躇《ためら》うようにうつむいていたが、

「兄上が心配なのです」

「怪我のことか。さっきも申したではないか。ちょっとした喧嘩沙汰だよ」

日念は納得していないように首を横に振った。

「何かとても危ないことをしておられるのではございませんか」

粥を啜《すす》る手を止めた。しばらく日念を見つめ、

「おまえ、この前もそんなことを申したな」

「申しました」

「どうしてそんなことを申す」

「今日だって、大怪我を負ってなさるではございませんか」

「何度も言わせるな。性質《たち》の悪い連中と喧嘩をしたからだ」

顔を上げわざと明るい声を放った。日念は顔を曇らせたままだ。

「どうした、そんな暗い顔をしおって」

「尋常な怪我ではございません」

「そんなことはないさ。現に子供たちと元気一杯に遊び回ったではないか」

「それは、兄上のお心遣いでしょう」

「おれは子供たちが好きだ。子供たちと一緒にいると心が洗われる。でもな、子供たちと元気一杯に遊べるということは、こんな怪我大したことではないのだ。従って、おまえが心配するほどの争い事はしていない。厄介な事に関わってもいない」

「まことでございますね」

日念は訴えかけるような表情だ。

「ああ、おれを信じろ」

嘘をつくことは心苦しいが日念には平穏に暮らしてもらいたい。子供たちに手習いを教え、仏の道を歩むことを妨げてはならない。清流のように澄んだ瞳を濁らせてはならない。蔵宿師というやくざな稼業に身を落とした自分は別世界に生きているのだ。せめてできる精一杯のことは金を届けることでしかない。金と一緒に災いまで運んではならないのだ。

「きっとですね」

「くどいぞ」

日念は黙り込んでいたが、

「わかりました。もう、お聞きしません。兄上、お替わりをお持ちしましょう」

「頼む。中々うまい」

善次郎は粥をすすり上げた。日念は部屋を出た。

二

しばらくしてから日念が、

「兄上、助次という方が訪ねておいでですが」

「通してくれ」

粥を置き告げる。

「旦那、ご無事でしたか」

助次が縁側から部屋に入って来た。善次郎の意外なまでの元気な様子に助次は驚きの表情すら浮かべた。お竜によっぽどの怪我だと告げられたに違いない。

「いやあ、びっくりしましたよ。お竜さんとかいう、滅法色っぽい女が今朝訪ねて来ましてね、旦那がひでえ拷問にかけられたって言ってましたんでね」

助次は善次郎の前にぺたりと座り込んだ。

「確かに物凄い拷問だったよ」

善次郎は寝巻きをもろ肌脱ぎにし、晒を取れと言った。助次は晒を緩め、隙間から覗いただけで悲鳴を上げた。まるで自分が拷問を受けたように悲痛に顔を歪《ゆが》ませ、

「こいつは惨《ひで》えや」

腰を抜かさんばかりに後じさった。善次郎は苦笑を浮かべ、

「ほったらかしにしないで巻き直せよ。お竜が助けてくれなかったら、今頃は地獄よりも惨い拷問を受けていたかもしれんな」

「まったく、よくご無事で」

助次は顔をそむけながら晒を巻き直した。

「地獄の一丁目にまで足を踏み込んだようなもんだ」

「旦那のしぶとさ、いや、力強さにはほとほと感心しますよ」

助次の感心を他所《よそ》に、

「ところで、上総屋の動きなんだがな」

「それ、旦那に言われあっしも探ってみたんですよ。上総屋の奴、訴えを山村さまか

ら旦那に替えたんです」

同心安岡貫太郎から聞いたという。内藤が言っていた通りだ。善次郎は拷問を受けた経緯を話した。

「それで、その自白の調書に署名しろ、しないでこの有様だ」

「汚ねえ」

助次は上総屋に対する嘲りの言葉を繰り返した。

「恐らく、絵図を描いたのは大五郎の奴だろう」

「そうでしょうね。あいつ、相撲に負けて悔しそうな顔をしてましたもん。あの時、旦那が汚い手を使って勝ったから、大五郎の奴にこんな目に遭わされたんじゃないですか」

「今更、そんなこと言っても遅いさ」

「そりゃそうですがね。すると、これからどうなります」

「連中に追われるんじゃないか」

善次郎の物言いを無責任と受け止めたのか助次は呆れ顔になった。

「旦那らしいと言えば、らしいけど。そんな暢気《のんき》に構えていていいんですかね。町方にだって追われているんですよ」

「捕まらないようにすればいいじゃないか。寺には町方は踏み込んで来ないし、仁吉たちだってこの寺のことは知らない」

「でも、そんなにはこの寺に隠れていられませんや」

「なら、いっそのこと、江戸を出るか」

「そうしますか」

助次は気軽に応じた。途端に善次郎は顔を歪ませ、

「馬鹿、そんなことできるか」

そのあまりに真剣な表情に助次はおやっとした顔になった。

「なんか、気に障りましたか」

「こんな目に遭わされて、黙っていられるか。尻尾《しっぽ》を巻いて江戸から逃げるわけにはいかん」

「そりゃ、旦那の気持ちはわかりますがね、でも、相手が悪いですよ」

「直参旗本と札差だと言いたいのか」

「おまけに町奉行所まで敵に回しちまった」

「そら、まともにぶつかったら今度こそ首が飛ぶだろうよ。でもな、何か方策があるはずだ」

「どんな方策ですよ」

「それを考えるんじゃないか」

助次はもっともだと、うんと唸り始めた。

「すぐに良い考えが浮かぶはずがないだろう」

「でも、なんか、考えないことには落ち着いていられませんや」

「おまえは、安岡との繋がりを密にしておけ。町方の動き、仁吉の動きに目を配らせるんだ。多少、金を摑ませてもかまわん」

「わかりました。安岡の旦那、金には目のないお方ですからね」

「誰だってそうさ」

善次郎は横になった。布団が火傷に触り顔をしかめた。助次は心配そうに覗き込んできたが、「大丈夫だ」と軽く手を払った。

「なら、あっしはこれで」

「見つかるなよ」

助次は障子を開け、まるですぐ近くに上総屋か山村の者たちがいるかのように、辺りをきょろきょろと見回すと忍び足で立ち去った。

その頃、山村屋敷の中間部屋に内藤と仁吉の姿があった。善次郎を籠絡した小座敷である。

「馬鹿者」

内藤の叱責が飛んだ。

「申し訳ござんせん」

仁吉は畳に額をこすりつけた。

「まったく、油断しおって」

「面目ねえこって」

仁吉はひたすら恐縮の体《てい》である。

「紅月という男、相当にしぶとい」

「まったくで」

「おまえの手下の縄の縛り方が緩かったのか」

「いいえ、そうは思えません」

「なら、なんで抜け出せたのだ」

「きっと、逃がした野郎がいるんですよ。縄は明らかに刃物で切られていましたからね。それに、紅月さんの刀、なくなってました」

「おまえの手下が裏切ったのか」

「いいえ、そうは思えません。おそらく、賭場の客の中に紅月さんの仲間が紛れていたんでしょう」

「それはありそうだ。いずれにしても、このままにはできん」

「手下に探させています」

「なんとしても見つけ出せ」

「へい」

仁吉は腰を上げた。入れ替わるように、大五郎が入って来た。

「失礼致します」

大五郎は相撲取りのように身体を揺すりのっそりと入って来た。

「何か騒々しいですね」

「ふん」

内藤は鼻で笑った。

「いかがなさいました」

「とんだ手抜かりでな」

内藤は善次郎に自白調書を取ろうとして拷問にかけたが、いつの間にか逃げられたことを話した。

「それは……」

大五郎はとんだ手抜かりでございますね、といわんばかりに眉根を寄せた。

「おまえが、描いた絵図、中々、面白かったのだがな」

「ありがとうございます。紅月には絶対に負けたくはありませんでしたので。ここで、舐《な》められては上総屋の対談方として名折れでございます」

「紅月のことは、我らに任せよ」

「あいつ、このまま引き下がるとは思えません」

「町方にも依頼するつもりだ」

「それは、ようございます。ところで、山村さまの長崎奉行ご就任の一件はいかがなりましたか」

「もう一歩だ」

「手前どもとしましたら、こうなったら山村さまには是非とも長崎奉行になっていただかないことには困ります。一蓮托生《いちれんたくしょう》でございますよ」

「わかっておる。殿もその気じゃ。是が非でも長崎奉行になる。さすれば、借りた千両など、すぐに利子をつけて返してやる。それればかりではないぞ。上総屋にも何くれとなく便宜を図ってやるわ」

「畏《おそ》れ入ります」

　大五郎は大きな身体を縮め、恭《うやうや》しく頭を垂れた。

「ところで、玄助はどうしておる」

「主《あるじ》はお上さんの怒りを買いましてな」

　大五郎はくすりと笑った。

「婿養子の辛さ、女房には頭が上がらんということか」

「そういうことで」

「ところで、もう一押ししたいのだが」

　大五郎は敏感に察知し、

「いかほど、用立てればよろしいので」

「五百両ほどじゃ。向島《むこうじま》のご隠居に持って行く」

「向島のご隠居とは中野石翁《せきおう》さまですか」

「いかにも」

　中野石翁は公儀御小納戸《おこなんど》頭取を勤め、養女お美代《みよ》を将軍徳川家斉《いえなり》の側室に差し出した。お美代の方は家斉の寵愛《ちょうあい》ひとしおで、石翁もそれを背景に絶大なる権勢を誇っている。特に幕府の人事については強い影響力を持ち、向島の屋敷には猟官運動の者たちが門前市を成す有様である。

「中野さまがお味方くだされば、これ程心強いことはない」

「わかりました。五百両、用立てましょう」

「おまえの一存でよいのか。玄助の許可を得なくてよいのか」

「大丈夫です」

大五郎は胸を張った。自信をみなぎらせている。玄助なんぞ眼中にないとでも言いたげである。

「ならば、しかと頼んだぞ」

「かしこまりました」

大五郎は小座敷を出た。廊下に若い女がいる。妖艶な女だ。大五郎と視線が合うと女は軽く会釈をした。大五郎は知る由もないが、お竜である。

三

翌二十三日の朝、お竜が幸集寺を訪ねて来た。

お竜は、朝とあってか地味な萌黄《もえぎ》色の小袖にべっ甲の櫛を挿《さ》しただけの装いだ。化粧も落としていたが、目鼻立ちの整ったその面差しは十分過ぎる色香を漂わせている。

「命拾いができたぞ」

善次郎は満面に笑みを浮かべる。お竜はにこりともせず、

「それは、ようございました」

ぶっきらぼうとも思える態度で返事をした。

「この礼をしなければならないな」

つい、お竜の顔色を窺《うかが》ってしまう。お竜は表情を動かさず、

「山村清之助の用人内藤掃部が、相撲取りのような大きな男と話しているのを耳にしたよ」

大五郎に違いない。

「そいつは上総屋の対談方で大五郎っていうんだ」

「名は体を表すだね」

お竜はわずかに笑みをこぼした。

「やはり、あいつが絵図を描いていたんだな」

「内藤は山村が長崎奉行を狙う上で中野石翁の力を借りるそうだよ」

「向島のご隠居か」

さもありなんだ。猟官運動をする相手として石翁ほど頼もしい者はいない。

「それで、上総屋から新たに五百両を用立てるそうだよ」

「上総屋め、現金なものだな。勝ち馬に乗ろうというのか」

「大方、そんなところだろ」

「どいつもこいつも欲の皮の突っ張った奴らばかりだ」

「あんただって、そうじゃないのさ」

お竜に図星を指されつい口ごもってしまった。お竜からもたらされた上総屋と山村の動きに思考が向いていたが、そもそもの疑問に立ち戻った。

「ところで、あんたはどうしておれを助けてくれたのだ」

それをまだ聞いていない。ずっと心に引かかっていたことだ。

「聞きたいかい」

お竜は目を細め口元を緩めた。色気に謎めいた表情が加わった。

「話したくなかったら無理には聞かんが、気になることは確かだな」

お竜は善次郎から視線を転じた。どこか遠くを見るようだ。何かを考えあぐねているようだ。その物憂げな横顔は見とれる程に美しい。やがて、睫毛《まつげ》を揺らし視線を善次郎に戻した。目と目が合い、背筋がぞくっとした。お竜は呟くように、

「復讐さ」

　善次郎はお竜の厳しい視線を受け止めながら、

「と言うと、山村清之助に恨みを抱いているんだな」

「わたしはね、山村清之助に手籠めにされたんだ」

「…………」

　言葉が出てこない。心の臓を鷲摑《わしづか》みにされたような衝撃だ。お竜は唇を嚙んだ。ぷっくりとした唇に真っ白な歯が刺さった。

「そいつは、辛かったろうな」

　そんなありきたりの言葉をやっとのことで搾《しぼ》り出す。

「憎んでも憎み切れないね。正月のことだった。山村は突然中間部屋にやって来た。博打を終えて帰ろうとしたわたしを引き止めたんだ」

　山村は正月の祝儀をやると、酒の相手をさせたという。

「その酒の中に薬が入っていたんだね。わたしは知らず知らずのうちに意識を失っていた。目が覚めたら山村と同じ布団にいたってわけさ」

自分も賭場の小座敷で眠り薬を盛られたことが思い出された。

「山村は側妻《そばめ》になれと言ったよ。わたしは断った。じゃあ、金をやろうなんて言い出したけど、それも断った。あんな奴の思い通りになるもんかと歯をくいしばったんだ」

お竜への恋情が募《つの》る一方、山村に対する怒りで胸が焦がされそうになった。

「それで、山村屋敷の中間部屋で壺を振って復讐の機会を狙っていたってことか」

「そういうこと」

お竜は乾いた声に戻った。己《おの》が秘密を打ち明けたことで吹っ切れたのか、達観めいた顔になっている。

「復讐というと、山村をどんな目に遭わせたいんだ。たとえば、命までも奪ってやろうというのか」

「できればね」

お竜はそう言ったものの曖昧《あいまい》に首を横に振った。いまだ、具体的にどうすればいいのかは決めかねているようだ。

ふと、何かを思いついたように、

「ところで、紅月の旦那はどうして蔵宿師になんかなったんだい」

善次郎は薄く笑い、

「あんたに聞いて自分が答えないじゃ、調子が良すぎるな」

前置きをしてから、

「おれも復讐さ」

「へえ、そうなの……。誰にだい。上総屋にかい」

「上総屋にはこだわっていない。札差どもへの仕返しさ。おれの親父は勘定吟味役だったんだ」

「おや」

「この息子からはとても想像できないと言いたいんだろ」

「正直、意外だね」

「はっきり言うな」

照れ笑いを浮かべながら善次郎は話を続けた。

勘定吟味役は幕府勘定所の監査役である。役高五百石ながら、その権限は大きく、天領の金穀《きんこく》の出納《すいとう》、封地の分与、年貢の徴収と郡代、代官の勤怠、金銀の改鋳、訴訟などの一切の監査を行う。勘定奉行には属しておらず、老中直属という立場に立つ。こうしたことから、勘定奉行及びその配下の者に不正があれば老中に開陳する権限を持っている。勘定奉行は勘定所での経費の決定全てに勘定吟味役の賛成を必要とした。善次郎の父紅月格之進は公儀勘定吟味役を務めていた。今から十五年前、時の勘定奉行持田《もちだ》安房守《あわのかみ》政勝《まさかつ》と札差の癒着《ゆちゃく》を摘発しようとした。

ところが、持田の不正を証言すると約していた札差が証言を翻《ひるがえ》し、全ては格之進に脅されて嘘の証言をした、と言い出した。持田に抱き込まれたのだ。さらに、格之進が勘定所の重要書類を勝手に持ち出したという無実の罪を着せられ、切腹、紅月家は改易処分になった。その札差が誰かはわからない。持田はその後大目付となり今では西の丸留守居役になっている。

「おれは浪人、弟は仏門に入った。ここの住職日念がその弟だ」

「おやまあ」

お竜は感心したとも驚いたともつかない顔になった。

「ま、そんなことがあって、おれは、札差連中から金を巻き上げる仕事をするようになったってことだ」

「旦那にも事情があったんだね」

その時、日念が茶を持って入って来た。

「ようこそお見舞いにおいでくださいました」

日念は丁寧な挨拶をお竜に送った。

お竜はにっこり微笑んだ。日念は恥ずかしそうに目をそらし、

「ごゆっくり」

日念がいなくなってから、

「お兄さんとは大違いだね」

お竜は含み笑いを浮かべた。

「あいつ、妙な気遣いをしたな」

「いいじゃござんせんか」

その時、縁側を踏みしめる足音が近づいて来た。

「旦那」

助次が入って来たがお竜に気がつき、

「こら、どうも」

ぺこりと頭を下げた。

お竜も笑みを返す。

「どうした」

善次郎が聞くと、

「安岡さんに聞いたんですがね、旦那の行方を与力が追っているそうですよ。与力は上総屋から大分、付け届けを貰っているそうです」

「当然だろうな」

「でも、ここにいれば、町方は手出しできないんだから、大丈夫さ」

お竜が言った。善次郎は鷲鼻をしごきながら、

「だが、ずっと、厄介になるわけにもいかん」

「せめて、怪我が治るまではおとなしくしていてくださいよ」

助次が懇願した。

「その代わり、おまえ、探りを入れてくれ」

善次郎が珍しく言うことをきいたので助次は安堵の表情を浮かべ、

「何を探りましょう」

「中野石翁だ」

「向島のご隠居ですか、こいつは大物だ」

助次は目を丸くした。

「そうだ。このお竜姉さんがな、貴重なネタを仕入れてきてくれたんだ」

内藤が石翁に賄賂《まいない》を送ることを考えていることを持ち出した。

助次は手を打った。

「だから、これから、内藤は中野石翁の家来の誰かと接触をするはずだ。その接触相手を見つけ出すんだ」

「探してどうするんです」

「探し出してから考えるんだよ」

「掛合いのように筋書きを立てるんですね」

「ここでごろごろしているんだ。いくらでも考える暇はあるさ」

善次郎は破顔をした。すると、お竜も、

「あたしも仁吉や内藤の動きを探るよ。連中はあたしがあんたの手先になったなんて思っていないだろうからね」

「すまないな。でも、危ない橋を渡ることはないぞ」

「あたし自身のためでもあるんだから、気にすることはないさ」

「そう言ってくれると、多少気が楽だ」

「役に立ちそうなネタを拾ってくるから、あんた、しっかり筋書きを立てておくれな」

「承知だ」

これからも、善次郎に会いに来てくれるということだ。お竜に会えると思えば気持ちは奮《ふる》い立つ。

「じゃあ、あたしはこれで」

お竜は腰を上げた。

「今日も山村屋敷かい」

「いいえ、今日は別」

「売れっ子は違うね」

「からかわないでよ」

「からかいじゃないさ。あんたが、壺を振る賭場はどこも賑わっているって評判だぜ」

「物珍しいからじゃないの」

お竜は軽くいなすと、おもむろに腰を上げた。甘い香りが鼻先をくすぐる。

「なら、しっかりね」

お竜は妖艶な笑みを送ってきた。

「ああ、任せろ」

善次郎は胸を叩いた。とたんに、激痛が走った。

「いやあ、いい女ですね」

助次はお竜の背中を見送った。

「あれで、背中には観音菩薩の彫り物があるんだぞ」

「へえ、そいつはすげえや」

助次は思わず背伸びをした。

「女は魔物だな」

「あんな魔物だったら、おら取りつかれたって悔いはないですよ」

「ふん」

鼻で笑うと、

「旦那だってそうでしょう」

「そうかもな」

善次郎はお竜から聞いた因縁《いんねん》話を思い出した。復讐の権化《ごんげ》と化したお竜のことが憐《あわ》れだ。山村清之助に負わされた心の傷は観音の彫り物のようにはっきりと刻まれている。その傷跡は復讐が遂げられるまで、いや、たとえ遂げられたとしても死ぬまで消えないのかもしれない。

それでも、復讐が叶えば、多少なりとも傷は癒されるに違いない。そして、その手助けができれば。

新たな目標ができた。すなわち、お竜の復讐を成就させる。そう思うと、会ったこともない山村清之助という男へ強い憤《いきどお》りを感じた。これまで、怒りの矛先《ほこさき》は内藤と上総屋の大五郎へ向いていた。だが、ことの元凶は山村だ。山村が長崎奉行になりたくて、そのために賄賂《まいない》千両を欲したことに始まるのだ。内藤も大五郎もその手先となって踊っているに過ぎない。

危うく真の敵を見失うところだった。お竜には気の毒だが、お竜の災難はそのことを思い出させてくれた。

――お竜、必ず仇は討ってやるぜ――

改めて心に誓った。

「どうしたんですよ、薄笑いなんか浮かべて」

「なんでもない。疲れた、寝る」

善次郎は布団をかぶった。

四

その頃、上総屋の居間でお菊は大五郎の報告を受けていた。値の張りそうな袷《あわせ》を着て、大五郎に肩を揉《も》ませている。

「すると、その蔵宿師に罪をおっ被《かぶ》せることでうまくいきそうなんだね」

お菊は気持ち良さそうな薄目である。大五郎は手を休めることなく、

「万事うまくいきます」

「おまえの手配りだから、間違いないとは思うけど」

お菊は、「もういいよ」と女中のお玉に茶を淹れるよう命じた。

「それにしても、あと五百両も渡さないといけないのかね」

「向島のご隠居さまへお渡しになるそうです」

「向島のご隠居さまがお味方くだされば、心強いだろうけどね」

「そうなれば、上総屋とてご隠居さまと繋がりが持てます」

大五郎は大きな顔を綻《ほころ》ばせた。お菊は思案するように視線を動かしていたが、

「そうなれば、上総屋も一段と箔《はく》がつくね」

と、納得したように言ったが、ふと眉根をひそめ、

「ところで、このところ、うちの人の様子がおかしいと思わないか」

「旦那さまがですか」

大五郎もお菊を真似たかのように眉間に皺を刻んだ。

「どこへ行くとも告げずにふらりと外へ出て行く」

「お得意先回りじゃないのですかね」

「それはかりじゃないね」

お菊は目をきつくした。

「まさか……」

大五郎は言葉を飲み込んだ。

「女さ」

大五郎が敢えて口にださなかったことをお菊は言うと、不快に顔を歪めた。

「旦那さまは生まじめが取り柄のようなお方ですよ」

「生まじめな男だからって、女嫌いとは限らないさ」

「でも、出歩くのが増えたからというだけで疑うのはどうなのでしょう」

「匂いがしたの。うちの人が外から帰って来て、すれ違った時にね」

「白粉《おしろい》ですか」

「白粉じゃないね。化粧とかじゃなくって、娘の匂いさ」

「ほう、娘の……」

「女の勘だね。だから、うちの人、どんな女を囲っているか探っておくれな」

お菊は玄助が女を囲っていることを確信している。大五郎は異論は唱えず、首を縦に振った。お菊は大五郎から視線を外し、

「お茶、まだかね」

立ち上がって縁側に出た。とたんに、お菊の目は吊り上った。

「あんた、何をしているの」

目線の先にお玉と語らう玄助の姿があった。玄助は笑みをたたえ、お玉に向いていたがすぐにうつむき加減となり、

「お、いや、その、厠《かわや》へ行こうと思って」

「それなら、さっさと、用を済ませて店に戻りなさい」

お菊は視線をお玉に転じた。お玉は、

「お茶、お持ちしました」

悪びれる風もなく両手でお盆を捧げ持った。お菊は玄助が厠に向かうのを横目に見

ながら、

「やっぱり、女好きなんだ。きっと、女を囲っているに違いないわ」

独りごちて部屋に戻った。お玉が、

「明日、呉服屋さん方がいらっしゃいます」

「そうだったね」

お菊の顔は一瞬にして輝いた。

第五章　反撃の糸口

一

明くる日の昼下がり、八つ（午後二時）を過ぎた頃、お竜は山村屋敷の中間部屋に入った。紫地に純白の牡丹《ぼたん》を描いた小袖に濃い紅の帯を締めている。土間を足早に進み式台に素足をかけたところで仁吉に呼び止められた。

「お竜姉さん、今日は大事な客がおいでなんだ」

仁吉は思わせぶりな笑みを送ってくる。仁吉が改まってそんなことを言ってきたことはない。さぞかし重要な人物なのだろう。もちろん、賭場や仁吉にとってではなく山村にとってだ。今の時期にそれほどに大事に接しなければならない人間とは……。

幸集寺での話が思い出される。目下、山村は中野石翁への接近を図っているのだ。

すると、客とは中野石翁の関係者と考えていいのではないか。いや、それは早計に過ぎるか。

お竜はそんな思いを表情のない顔で包んで、

「大店《おおだな》の商人かい」

商人と口に出してから上総屋玄助ではという考えが過《よ》ぎった。が、女房に頭が上がらない、妾一人を囲うこともにもびくびくの玄助が賭場になどやって来るはずがないと即座に打ち消した。仁吉は案の定、

「いや、お武家さんだ」

問い返さず無関心を装う。やはり、中野石翁の線か。

「ちょいと、喜ばせてやっておくれな」

賽《さい》の目を操《あやつ》ってくれというのだろう。仁吉がそんなことを言うのも珍しい。客の重要性が知れる。

ひょっとして、中野石翁本人か。いや、いくらなんでも将軍徳川家斉の側近中の側近たる中野石翁が賭場にやって来るとは考えられない。とすると、石翁の家来か。それなら十分に可能性がある。俄然、興味が沸いた。

「そんなに大事なお客なら、顔を見せたら言ってくださいな」

「そうするよ。手を煩《わずら》わせてすまねえが、お竜姉さんを信用してのことだ。悪く思わねえでくんな」

お竜は小さくうなずき賭場に向かった。賭場には、ぼちぼちと客が姿を現し始めた。いつもの顔ぶれである。小座敷が騒がしくなった。さりげなく歩み寄る。閉ざされた襖越しに仁吉の声がした。

「上坂《こうさか》さま、今晩はどうぞごゆっくりお楽しみを」

客は上坂というらしい。酒が運ばれている。

「楽しませてもらえばそれでいい」

襖越しに聞こえる上坂の声は妙に甲高いものだった。これから行う博打への意気込みが感じ取れる。よほどの博打好きなのだろう。

程なく、賭場が開かれた。上坂は羽織、袴に身を包んだ中年の男だった。特に特徴のない平凡な顔つきである。凡庸としていて鋭さも厳しさも感じられなかった。

一見して博打に強いとは思えない。単に博打が好きなのだろう。上坂の前に駒が置かれた。駒の数からして十両分だ。上坂の顔からは笑みがこぼれている。玩具《おもちゃ》を前にした子供のようだ。

お竜は小袖を片肌脱ぎになった。百目蠟燭の明かりを受け、わずかに赤みが注《さ》したうなじが映えた。慣れた手つきでサイコロが振られた。上坂は食い入るような視線を送ってくる。

「丁」

上坂は駒を横に置いた。お竜は壺を開けた瞬間、右手の薬指を使い目にも留まらぬ早業でサイコロを操作した。

「ピンゾロの丁」

歓声とため息が交錯した。上坂はうれしそうな顔だ。横で仁吉が何事か囁《ささや》いている。上坂の口から笑い声が漏れたところから、追従《ついしょう》でも言ったのだろう。それからもお竜は適当に上坂に勝たせてやった。上坂は一時（二時間）ほども遊んですっかりご満悦の様子で帰って行った。

「姉さん、一休みしてくんねえ」

仁吉に言われ、仁吉の子分に壺振りを交代した。小座敷にお竜のために膳が運ばれていた。

「すまねえな」

仁吉は二分金二枚、すなわち一両を駄賃だと渡してくれた。遠慮なく受け取り、

「今のお武家さん、また来るのかい」

「ああ、すっかり気に入ったようだからな」

「いい鴨《かも》だね」

「鴨にするつもりはねえさ」

「一体、どなたさまなのさ」

「さる、お旗本の御用人だよ」

「御直参の用人さまが博打ね……」

お竜はぷっくりとした唇を皮肉っぽく曲げた。

「ま、また、頼むわ」

仁吉が腰を上げようとしたのをさり気なく引きとめ、

「ところで、このところ宿師の旦那、姿見せなくなったね」

仁吉の表情が強張った。が、それもほんの束の間のことですぐに頬を緩ませいつもの柔らかな物腰に戻った。

「そういえば、そうだな。負けが込んで懐《ふところ》具合が寂しくなったんじゃないか」

お竜はさらに素知らぬ風に問いを重ねた。

「そうかね。あの旦那、それなりに儲けていたと思ったけど」

「そうだったかな。ま、そのうち顔を出すだろうさ。それとも、お竜姉さん、あの旦那のことが気になるのかい」

仁吉は下卑《げび》た笑いを浮かべて見せた。

「からかわないでおくれな。ろくに言葉も交わしちゃいないよ」

「そうかい。そのうちやって来るだろうさ」

仁吉は出て行った。襖が閉じられた直後、内藤の声が聞こえた。

「上坂殿、いかがだった」

「抜かりございませんや。また、来たいとおっしゃってましたよ」

「大事な客人ゆえ、そのつもりでな」

「お任せください」

仁吉と内藤の声は遠ざかっていった。


同じ頃、助次は上総屋に探索に来ていた。店は相変わらずの賑わいだ。裏の母屋に廻った。木戸門近くに潜んで様子を窺う。日輪は中天やや西に傾いている。白雲がゆっくりと流れ、金魚売の声が青空に吸い込まれていった。母屋の縁側に商人風の男が何人かいる。障子が開けられ、広い座敷が見通せた。座敷には中年の女の姿があった。その女を取り巻くように商人が部屋の中に入って行った。縁側には女中と思われる娘が一人座っていた。

女はお内儀さまと呼ばれていることから玄助の女房お菊であろう。小柄で狐のような面構えの女だ。釣り上がった目に気の強さが滲んでいる。

「お内儀さま、これなんかいかがでございましょう」

声をかけた商人は呉服問屋のようだ。満面を笑みにし、派手な絵柄の小袖を手に媚《こび》を売っている。お菊の目前には小袖がいくつか並べられており、お菊は迷う風に視線を彷徨《さまよ》わせていた。縁側にまで簪《かんざし》、櫛、笄《こうがい》、履物、足袋、紅、白粉が所狭し、と並べられている。小間物問屋、履物問屋も侍《はべ》っている。

お菊が髪飾りを髪に当てる度、商人たちは、

「よくお似合いで」

「おきれいでございます」

「お内儀さまが身に着けると一層映えます」

などといった歯が浮くような世辞を並べ立てる。お菊は満更でもなさそうに、大きな姿見で自分の姿を映し出していた。

「どれがいいかしらね」

「どうぞ、ごゆっくり、ご覧ください」

お菊はあれにしよう、これもいいと迷っている。そのうち、縁側で控えている女中に何事か耳打ちをした。女中はぺこりと頭を下げて歩いて行く。

「みんな、いいものばかりね」

お菊は桃色地の小袖を身に当てながら言った。大年増のお菊には派手過ぎる。贔屓《ひいき》目に見ても似合っているようには見えない。

「それも、よくお似合いでございます」

呉服問屋が言うと、すかさず小間物問屋は銀の花簪を手に、

「そのお着物ならこれがぴったりでございます」

と、追従を言う。聞いていて耳障りなことこの上ない世辞の嵐が吹き荒れた。

「ちょっと派手じゃないかしら」

お菊が独り言のようにつぶやくと、

「そんなことございませんよ」

呉服問屋が言い、

「お内儀さまにぴったりでございます」

小間物問屋も調子を合わせる。

「そうかしらね。若い娘ならいいのかもしれないけれど」

お菊は疑念を口に出したが、

「そんなことございませんよ、ねえ、みなさん」

呉服問屋の言葉に小間物問屋も履物問屋も大きな声で賞賛の言葉を並べる。聞いていて、噴《ふ》き出したくなるやり取りだ。そこへ、玄助がやって来た。商いの最中であろうに、女房に呼びつけられたというわけだ。

「これは、旦那さま」

商人たちは一斉に挨拶を送ったが、お菊は自分が映っている姿見を見たまま、

「迷っているの」

ぶっきらぼうな声を放った。玄助は戸惑うように商人たちを見回した。

「どれもお似合いでお内儀さま、決めかねておいでなのですよ」

呉服問屋が商人を代表して言った。玄助はどう答えていいのかわからないのだろう、おろおろとするばかりだ。

「どうしようかしら」

お菊はやっと玄助を見た。

「わたしにはよくわからないから、おまえが気に入った物にすればいいよ」

「どれも気に入ったから迷っているの」

お菊の声は厳しかった。玄助は視線を合わせることもなく、

「と言ってもわたしにはよくわからないから……」

「どうしようかしら。みんな気に入ったのよね。いっそのこと、みんな貰おうかしら」

商人たちは顔を見合わせていたが、呉服問屋が口を開き、

「みんなでございますか」

お菊は玄助を横目で見て、

「旦那さまが気に入った物にすればいいとおっしゃってくだすったからね。みんな気に入ったから、みんなにするわ」

玄助は黙っている。

「ねえ、いいわよね」

お菊は意地悪く問いを重ねた。

「そうおし」

玄助は力なく言うと、うつむき加減に店に戻って行った。

二

「ありがとうございます」

呉服問屋が口火を切り、商人たちは各々、礼の言葉を並べ立てた。いくらだか見当もつかないが、十両や二十両の買い物ではないだろう。

「また、好い物が入ったら持って来ておくれな」

お菊が言うと、

「それはもう」

みな、うきうきとしている。呉服問屋が進み出て、

「明日の芝居見物、用意が整っております」

お菊は大事そうに持っていた着物を惜し気もなく横に放り出すと、

「ちゃんと団十郎《だんじゅうろう》が来るの」

満面を笑みにしている。

呉服問屋は深々とうなずき、

「お芝居の後、茶屋にまいります」

「まあ、夢のようだわ」

「夢じゃございません。お内儀さまのことを話しましたところ、団十郎も喜んで宴席に出たいと申しました」

「そう、これ、買っておいてよかったわ」

お菊は目を潤《うる》ませ夢見心地の顔になった。亭主は商いに邁進《まいしん》。自分は芝居見物に役者を侍らせ高い着物や小間物で着飾って出かけるとはとんだ女房である。いくら、婿養子の身とはいえ、助次は玄助に同情したくなった。

「お玉」

先ほどの女中を呼んだ。お玉と呼ばれた女中はお菊の前でぺこりと両手をついた。

「これ、片付けなさい」

お菊の物言いは冷たく感情が籠もっていない。お玉は手早く片付ける。よく見ると、地味な着物を着ているが中々の美人だ。お菊の買った着物や小間物を身に着ければ、蔵前小町とでも評判を呼ぶに違いない。商人たちはひたすら追従の言葉を並べ立てた。

そこへ、大五郎がやって来た。大五郎は縁側で控えた。お菊は自慢げに、

「大五郎、明日、団十郎が茶屋に来てくれるってさ」

「成田屋が、それは、ようございました」

大五郎は商人たちを見回した。商人たちは頭を下げる。それを潮に失礼しますと去って行った。

「おまえも来るんだよ」

「わたしもですか」

「そうさ。用心棒だ」

お菊はけたけたと笑った。ひとしきり笑ってから、お菊の目は険しくなった。

「ところで、うちの人の女、わかったのかい」

大五郎は顔をしかめ、

「それが、あいにくと、まだでございまして」

「なんだ。まだわからないのかい」

お菊はそっぽを向いた。

「もうすぐですよ。飼いならした岡っ引連中に探索をさせていますから」

「早いとこ、見つけ出すんだ。このところあの人、様子が変だ。千両なんて大金をわたしに断りもなく貸し付けたりして。女で頭がぼけているんじゃないかね」

「それは、却って大きな商いになりそうでございます」

二人が言っているのは、お衣をネタに善次郎が千両を借財にしたことであるのは明らかだ。

「それは、おまえの才覚でそうなったからいいようなものの、これから先、玄助が女に溺れてこの店の金に手をつけるようなことにでもなったら大変だ」

お菊は亭主を玄助と呼び捨てにした。

「旦那さまはお店の金に手をつけたことはございません。この前の千両は手をつけたわけではなく、あくまで商いの範囲でございました」

さすがに大五郎は玄助を庇《かば》い立てした。お菊は気が治まらないのか、

「商いの範囲とは言えないじゃないか。とても千両の借財なんてお受けできないお得意に脅されて出したんだから」

お菊は惜しくてならないようだ。

「これに懲《こ》りて、旦那さまはもう女将さんに黙って大金を貸し付けるなんてことはさらないでしょう」

「そうかね……。いや、油断ならないね。女ができれば男は変わる。ああいう、気弱な男ほど女にのめり込んでしまうものだよ。そうなったら、始末におえなくなる。だから、早いとこ見つけ出さないとね……。しっかり頼んだよ」

「見つけたらどうするんです」

「縁を切らせるのさ」

「金ですか」

「そういうこと。金で江戸から出て行くように言い含めるんだ」

「いくらほどつかませましょう」

「三十両もやれば十分だろう」

「三十両で納得するものでしょうかね」

お菊はしばらく思案してから、

「五十両だ。五十両で因果を含めなさいな」

「わかりました。どうしても言うことをきかない時は」

大五郎の目は濁った。

「さあ、どうしようかね。おまえに任せるよ」

お菊は思わせぶりな笑みを浮かべた。

大五郎は大きな身体を揺さぶりながら店に戻って行った。お菊は明日の芝居見物に思いを向けたのかにこやかな顔になり、いそいそと母屋の奥に引っ込んだ。

とんだ鬼嫁だ。それに比べてお衣のけなげさはどうだろう。善次郎が言ったようにこんな女を嫁にしていたら、心休まることはないだろう。玄助がお衣のような素朴な匂いのする娘に安らぎを求めるのは十分に理解できた。

すると、無性にお衣の顔が見たくなった。

助次はお衣の家にやって来た。折よく、お衣が出て来た。手拭いを姉さん被りにし、はたきを持っている。玄関の格子戸をぱたぱたとはたき始めたところで助次と目が合った。とっさに身を隠そうかと思ったが、

「あら、この前の」

お衣は掃除の手を休め、屈託のない笑顔を向けてくる。知らぬ顔はできない。

「ああ、この前はすまなかったね」

「いいえ、どういたしまして」

「おかげで助かったよ。おおっと、掃除の途中か。旦那は女中雇ってくれないのか」

「お掃除はわたし、上総屋さんにご奉公に上がっていた時からやっています。この家は上総屋さんに比べたら、遙かに楽ですよ」

そりゃ、あの鬼女将にこき使われることを思ったらここは極楽だろう。玄助の奴も女中を雇うまでの甲斐性はないに違いない。

「そうだ」

お衣は顔を輝かせた。

「どうした」

「常磐津のお師匠さんを探していなさったでしょう」

「そうだったんだ」

「わたしも、常磐津を習いたいの」

お衣は掃除や洗濯の他はやることもないのだという。

「それはいいかもな」

「お師匠さんを紹介しておくれでないか」

お衣は助次を疑う素振りも見せない。あれは、出任せだったとは言えない。

「いや、それがな、もう、お弟子さんが一杯でおいらも弟子入りできなかったんだよ」

咄嗟に嘘をついてしまう。

「そうなんだ」

お衣は残念しきりと首を傾げた。美人でないその顔がなんとも愛らしく思えてきた。

「どこか良い所ないか探してやるよ」

「ほんと」

お衣は目をきらきらと輝かせた。

「ああ、任せな」

安請合いである。しかし、そう答えてやりたい衝動を止めることができなかった。

「うれしい」

お衣ははしゃいだ。いつまでもこの暮らしが続けばいいのに、と願ってやりたくなった。となると、心配が胸に過《よ》ぎった。

「おまえと旦那のこと、お上さんは気づいていないのか」

「今のところ気づいておられないようだけど」

「お上さんは焼餅《やきもち》焼きなんだろ」

「ええ……」

お衣の表情は険しくなった。

「見つかったら大変だな」

「わたしはいいんですけど、旦那さまが心配です」

「そりゃ、そうだろうけどな」

自分ではどうしてやることもできない。

「見つからないようにしな」

「ご親切にありがとうございます」

「いや、礼を言われるほどじゃないよ」

「でも、わたし、旦那さまと切れたらどうすればいいのかわからないのです」

お衣は不安そうな顔になった。

「旦那があんたを見捨てるようなこと、なさるはずねえさ」

「そうでしょうか」

「ああ、そうだとも」

「ひょっとして、あなたは旦那さまのことを知っているんですか」

どきりとした。

「いや、知るはずねえじゃねえか」

「そうですよね。じゃあ、どうしてそんなことをおっしゃるのです」

「あんたを見ていると、あんたみたいないい娘を捨てる男なんていやしねえと思ったんだ」

「わたし、そんないい娘じゃありませんよ」

「そんなことないさ。あんたはいい娘だ。精々、用心しな。女の焼餅は始末におえねえからな」

助次は言うと踵《きびす》を返した。

お衣がはたきを使う音が背中に聞こえた。

三

翌朝、善次郎は助次とお竜の訪問を受けた。

「山村の賭場に中野石翁の用人上坂何某《なにがし》という侍がやって来たよ」

お竜が中野石翁の用人上坂に博打で手心を加えるよう仁吉から頼まれたことを話した。

「その用人は博打好きなんだな」

「かなり、のめり込んでいる様子だったね」

「こいつは使えそうだな」

善次郎がほくそ笑むと、助次は口を挟んだ。

「使えそうって言いますと、どんなことをやらかそうってんです」

「それはこれから考えるさ」

善次郎は自分の頭を指差した。

「怪我はよくなったのかい」

お竜が聞くと、

「ああ、もうなんでもないさ」

まだ、痛みは残っているがお竜の気遣いは何よりの良薬だ。元気がみなぎってくる。

「無理なさらないでくださいよ」

助次は言ったが、それを素直に聞き入れる善次郎ではない。

「馬鹿、無理でもなんでもしないことには上総屋や山村に仕返しはできないんだよ」

「安岡さんが南町奉行所の探索の目を大川の向こうに向けてくれていますよ。旦那らしい大男を深川で見たって」

「安岡、中々使えるな。しばらくはこの辺りに探索は及ばないってことだ」

「でも油断しねえでくださいね。ただでさえ旦那は目立つ人ですから」

善次郎が鼻で笑うと助次の顔が曇った。

「どうした、陰気な顔をしやがって。心配するな、用心するよ」

「いえ、そのことじゃねえんで……」

「何だよ。はっきり言え」

「その、上総屋に仕返しするってこってすけどね、主の玄助には罪はないんじゃないでしょうかね。今回の絵図は大五郎の奴が描いているんですし、大五郎を動かしているのはお菊ですよ」

「それはそうかもしれんが、上総屋を相手にすることに変わりはないんだ。上総屋を敵に回す以上、主である玄助も敵にするのは当然だろう」

「それは、そうですがね」

助次は割り切れないようだ。

「どうしたんだよ、言いたいことがあるんなら言えよ。おまえらしくないぞ」

助次は恥ずかしそうに目を伏せ、

「お衣のことなんですよ」

「お衣と言うと、玄助の女のことか」

助次はうなずくとお菊の吝嗇《りんしょく》さとお衣に対する同情を語った。

「確かに気の毒な気がするな」

善次郎が助次に賛意を表すとお竜がけたけたと乾いた笑いを放った。いくらお竜と

いえど、不愉快である。お衣に同情を寄せる助次を嘲笑う必要がどこにある。善次郎は少し怒りを声に含ませ、

「なにがおかしいんだよ」

お竜は動ずることもないどころか、

「男って馬鹿だね。ちょっと、可愛そうな女を見ると途端に同情しちゃってさ。まったく、馬鹿らしいったらないよ。そんなことじゃ、上総屋や山村に仕返しなんてできっこないね」

早口で捲《まく》し立てると鼻で笑い飛ばした。なるほど、それはもっともだ。今はお衣に同情している場合ではないし、そんな余裕もない。

「お竜姉さんの言う通りだ」

善次郎はお竜の言葉を受け入れたが、助次は、

「そう言いますがね、ありゃ、ちょっと可哀相ですよ」

とたんにお竜は反発した。

「だからってどうするのさ。玄助とお衣をどうしょうっていうの」

ここは、曖昧に済ませるわけにはいかない。はっきりと目標を示さないことにはお竜が離れて行くかもしれない。せっかく、仲間に加わってくれたのだ。お竜は山村屋

敷の動きを知る上で貴重な情報源である。それに、親しく言葉を交わすようになり、愛《いと》おしさが前にも増して募っている。一方で、助次も苦楽を共にしてきた仲間だ。お竜に惚れていることを咎《とが》めはしないだろうが、そのために善次郎が誤った判断をすれば、気持ちは善次郎から離れるだろう。

ここは、お竜、助次双方に納得させなければならない。

「上総屋は闕所《けっしょ》に追い込むつもりだ。そうしたら、玄助もただではすまん。財産没収の上に江戸所払いになるだろう。所払いになったら、手に手を取ってお衣とどこかへ行けばいいさ」

助次は安堵の表情を浮かべた。

が、お竜は不安そうだ。

「そう、うまくいくかね」

「どういこってす」

助次は水を差され、むっとした。

「無一文の男なんかについて行く女がいるわけないだろ」

お竜はどこまでも現実的だ。自分も金を稼げなければ見向きもされないということか。

「お衣はそんな女じゃないんですよ」

　助次は言い張る。

「お目出度《めでた》いね、おまえさん。お衣は囲われている身だろ。金目当てに決まっているじゃないか」

「違う。お衣は玄助に死んだ親父を見ているんだ」

　お竜はそれには返さず、冷笑で答えの代わりとした。どうあっても受け入れない。まだ聞かぬお竜の半生に男を拒絶する出来事でもあったのか。それとも、やはり、山村に凌辱《りょうじょく》されたことがそれほどまでに深い傷となって残っているのか。

　お竜と助次はどこまでも平行線を辿りそうだ。こんな話、いつまで続けたところで何も生まない。ここらで具体的な話をした方がいいだろう。

「ともかくだ。山村を追い詰める算段をしなくてはな」

「そういうことだよ」

　お竜は淡々と言葉を添えた。

　助次は口をつぐんだ。善次郎は真顔になり、

「よし、狙いを上坂に向ける」

　お竜と善次郎も背筋を伸ばした。善次郎の口から具体的な獲物が出たことで、二人

は生き生きとし出した。

「博打には目のない男だ。ならば、博打で罠にかけてやろうじゃないか」

善次郎はにんまりとした。

「て、いいますと」

助次の表情が引き締まった。お竜も目に光が宿った。

「それにはだ。上坂って奴のことをもっと探れ。いいな」

善次郎が言うと助次はへいとうなずく。

「お竜は上坂にいい思いを見させてやり、それから奈落の底へ突き落としてやるんだ」

ここで善次郎はニヤリとした。お竜も心得たもので、

「上坂が調子に乗って大金を張ったところで、逆の目を出してやるんだね」

「そういうことだ」

「面白くなってきたね」

お竜は壺を振る仕草をした。善次郎の瞼に観音菩薩の彫り物がちらついた。助次が
善次郎の邪念を掃《はら》うように、

「あっしは、何をしやす」

善次郎は我に返り、

「おまえは、中野石翁について聞き込みを続けてくれ。暮らしぶり、好きなもの、弱味が握れれば一番だが。なんでもいい。ごっそりかき集めるんだ」

「合点だ」

助次も勇み立った。


明くる日も昼八つ半（午後三時）を過ぎ、上坂は山村屋敷の賭場にやって来た。賭場に入る前に内藤が小座敷で面談をした。

「ご配慮、かたじけない」

上坂は軽く頭を下げた。内藤は手を振り、

「なんの、大したことではござりませぬ。どうぞ、ごゆるりと過ごされよ」

「かたじけない」

「ところで、わが殿の件にございますが」

内藤は声を潜めた。

「はあ、万事、ご隠居さまにお任せくだされば間違いござらん」

上坂は上機嫌である。

「ですが、そろそろ内示など頂きたいところでござる。なにせ、青山《あおやま》左兵衛助《さひょうえのすけ》さまという手強いお方もございますゆえ」

青山左兵衛助は公儀目付を務め、切れ者と評判の男だ。近々、長崎奉行への昇進が噂されている。山村にとって最大の障害と言えた。

「わかっておる」

上坂はわずらわしそうだ。

「これは、失礼しました。なにせ、わが殿にとりまして長崎奉行は宿願でございます。お父上もその職に就かれておられました」

「さよう、ご隠居さまもその辺りのことを考慮に入れられ、しかるべく筋に根回しをなさっておられる。遠からず、吉報がもたらされるものと存ずる」

「心強いお言葉でござる」

「果報は寝て待て、と申す、でござろう」

「そうですな」

「では」

上坂はいそいそと立ち上がった。入れ替わるように仁吉が入って来た。

「上坂さま、どうでした、ご機嫌は」

「とんだ狸よ。はぐらかすばかりじゃ」

内藤は顔をしかめて見せた。

「てこずっておられますか」

「てこずっておると言えば、紅月はどうした。今日も奉行所へ問い合わせておるが、行き方知れずなどと申しておる」

「町方じゃ深川辺りを探しています。こっちは本所《ほんじょ》を中心に当たっているんですがね」

「見つからぬではすまんぞ」

「明日から浅草から上野を探します」

「最悪、見つからないならそれでもかまわん。あ奴の下手人としての疑いが濃くなるだけだ。だから、当家にとっては困るものではないのだがな」

「ですが、やはり、白黒はっきりさせた方がようございますので」

「ならば、絶対に探し出せ。狸殿はよろしく頼むぞ」

「お任せを」

仁吉は出て行った。

その頃、上総屋の居間ではお菊が買い入れたばかりの着物をお玉に見せていた。

「まあ、お内儀さま、とても美しゅうございますわ」

お玉は感嘆の声を上げた。

「ちょと、派手じゃないかね」

その口ぶりとは裏腹にお菊が得意がっているのは、その浮ついた顔からもよくわかる。

「どうします、団十郎に言い寄られたら」

「馬鹿だね、この娘は。そんなはずがないだろ」

お菊は頬が緩み目の淵に赤みが差した。

「わかりませんよ」

お玉は真顔である。

「わたしは亭主持ちの三十路《みそじ》の女だよ」

「あら、女はこれからですよ」

「まったく、近頃の娘はませているんだから」

お玉を叱る素振りを見せたが、その顔はだらしなく緩んでいる。が、ふと表情を引き締め、

「いっそ、あたしも浮気をしてやろうかしら」

亭主へのあてつけとしてはいささか言葉が過ぎると思ったのか、すぐに口を閉じた。

「旦那さま、そろそろ、お帰りですかね」

「寄合とか言っていたね」

本当に寄合なのか大五郎に確かめろと言いつけておいた。よもや、あの気の小さな男のことだ。この間のことで懲《こ》りて、また、女の家に足を運ぶなんてことはないだろう。

しかし、油断はできない。気の小さな男ほど陰では威張りたがるものなのだ。目を離すと何をしでかすかわかったものではない。

大五郎がやって来た。お玉は入れ替わるように立ち去った。

四

「お内儀さま、旦那さまの思い人、わかりました」

お菊は、「思い人」という古めかしい言葉に苦笑を漏らした。しかし、すぐに真顔

になり、

「そう」

わざと素っ気ない物言いをした。大五郎は辺りを憚るように見回し、お菊の他に誰もいないことを確かめてから、

「お衣です」

呟くように言った。お菊は小首を傾げ、

「お衣……」

その名をなぞった。名を聞いてもぴんとこないようだ。

「昨年まで、うちで奉公をしておった娘でございます。わたしが雇われるとすぐに暇を出されました」

大五郎に説明されてやっと思い出したのか、

「ああ、あの、のろまの」

と、言ってから顔をしかめ、

「よりにもよってあんな娘を囲っているのかい」

「ええ、浅草下平右衛門町の長屋です」

「そんな目と鼻の先に……。まったく、わたしを馬鹿にしてるったらないね。まあ、

玄助らしいといえば、らしいけど。それにしても、あんな、みすぼらしい娘に手を出すなんて」

お菊は亭主の悪口を並べることで自分を慰めているようだ。大五郎は感想めいたことは口に出さずにいた。まるで、商いの指図を求めるかのような調子で、

「どうしましょう」

お菊は自分が口汚くののしった小娘相手にむきになることを恥と考えたのか、努めて落ち着いた様子になり、

「お衣ごときに騒ぐのもしゃくだね」

「おっしゃる通りです。上総屋のお上さんが奉公人一人に目くじらたてるのは、世間体というものがありますので……」

「そりゃ、そうだね」

「どうします」

「どうだっていいさ。のろまはのろま同士、乳繰《ちちく》り合っていたらいいよ」

お菊は鷹揚《おうよう》に胸を反らした。

「では、このままにしておきますか」

「目は離さずにいるんだ。玄助が身の程知らずに法外な金を持ち出さないようにね。

ま、お衣なんかに金なんか使わないだろうけど。用心に越したことはないからね」

「承知しました」

大五郎は出て行った。大五郎がいなくなったことを確かめて、お菊は目についた櫛を投げた。その目は爛々《らんらん》と輝き口からは亭主とお衣を呪う言葉が溢れ出した。

「精々、楽しむがいいわ」

姿見に映るお菊の顔には薄気味の悪い笑みが浮かんでいた。


翌日の昼、善次郎が幸集寺の境内で子供たちと鬼ごっこをしていると助次が面白いネタを拾って来た。助次も鬼ごっこに加わり半時ほど一緒に遊んだところで日念の手習いが始まった。善次郎は境内の隅にある樫の木の木陰に座り助次の話を聞いた。

「中野石翁が一番楽しみにしているのは、養女で公方さまのご側室となっておられるお美代のお方さまとの会食だそうですよ。月に一度、お美代のお方さまが上野寛永寺に参詣をなさる帰りに上野広小路にある料理屋吉林《きつりん》で共になさるんだそうで、その時はお供の者たちも遠ざけられ、親子水入らずを楽しまれるとか」

「将軍の側近ともなれば、私事の時など中々持てないだろうからな。お城ではもちろん、向島の屋敷に戻っても猟官運動にやって来る者が引っ切りなしだ。心休まるひと時が欲しいのかもな」

「そうなんですよ。石翁さまは吉林で過ごされるのをとっても大事になさるそうですよ。一度、あるお旗本が気を利かせたつもりで、吉林での払いを持ち、上方の清酒の差し入れなさったそうなんですがね、却って石翁さまの不興を買って、せっかく大番頭の職を手にいれかけていたのが駄目になったっていうんですから」

善次郎の目が輝いた。胸が高鳴る。

「これは、使えるぜ。吉林での会食はいつだ」

「大抵は月初めだそうですよ」

「今日は二十七日、皐月《さつき》一日は四日後だ。筋書きができたぜ」

「って、言いますと……」

助次は期待の籠もった目を向けてきた。

「山村清之助を吉林に行かせる。中野石翁がお美代の方とくつろいでいる席に押しかけさせるんだ。当然、山村は石翁の逆鱗《げきりん》に触れる。長崎奉行はおじゃんだ」

善次郎は楽しくてならないようだ。助次は不安そうに、

「でも、どうやって山村を吉林に行かせるんですよ」

「上坂だ。上坂に山村宛の文を書かせる。吉林へ行って中野石翁に直訴しろってな」

たちまち、助次はかぶりを振り、

「上坂がそんな文書くわけないでしょう。とっ捕まえて脅して無理やり書かせるんですか」

「違う。ここを使え」

善次郎は自分の頭を指差した。助次は首を捻る。

「誰が見ても上坂が書いたとしか思えない文《ふみ》を贋作《がんさく》する。それには、上坂の筆使いを盗まなくちゃならない。もちろん、上坂本人からだ」

「するってえと……」

「上坂の博打狂いを利用するんだ。お竜姉さんの出番だぜ」

善次郎はほくそ笑んだ。うまい筋書きが描けそうで頬が緩んだ。


二日後、お竜は山村屋敷で壺を振っていた。上坂はすっかり常連となっている。通い始めて七日目のことである。主人の中野石翁が登城をしたことをいいことに昼九つ(正午)から入り浸っている。上坂は上機嫌である。連日の勝ちで欲が出たのか、

「今日は思い切った勝負をするぞ」

その顔を火照《ほて》らせていた。すっかり、気が大きくなっている。お竜はそれを見て仕

掛け時だと思った。妖しい目で上坂を見る。上坂は釣り込まれるように大きく目を見開き、

「よおし、全部だ」

と、大きな声を上げた。お竜はサイコロを壺に入れた。鮮やかな手つきで振る。上坂は魅入られるようにして、駒を横向きに置いた。

「丁だ」

持っている駒全てである。金十両分だ。賭場にちょっとしたざわめきが広がった。仁吉が鋭い目をお竜に浴びせてくる。きっと、細工をして、丁の目を出せと言っているのだろう。上坂の目は飛んでいた。心ここに在らずといった風である。賭場の客たちも固唾《かたず》を呑んでお竜の壺を見守った。

お竜は壺に手をかけた。上坂の喉仏が大きく動いた。壺が開けられた。

「一、二の半」

お竜の言葉は冷然としたものだった。賭場に張られた緊張の糸がぷっつりと切れた。ため息が漏れる。上坂は呆然とした。うつろな目でしばしサイコロを見つめた。仁吉もしばらく呆然としていたが、お竜へ視線を転じた。お竜は素知らぬ顔で淡々と壺にサイコロを投じた。この場で文句をつけるわけにもいかず、仁吉は上坂に歩み寄

った。

「駒、回しましょうか」

耳元で囁くと、上坂はようやく我に返り、

「いや、今日はやめておく」

と、肩を落とし立ち上がった。仁吉が追いかけ小座敷に案内する。

「今日は、ついてませんでしたね。お茶でも飲んでいってください」

「十両あまり負けたな。今日のところは、払う金が五両しかない」

上坂がうなだれると、

「そんな、いりませんよ」

仁吉はかぶりを振った。

「いや、負けは負けだ。払いはする。するが、今はできん」

「いつでも、よろしいのですよ」

「それが、この五両も払うことはできんのだ」

上坂が言うと、仁吉はおやっとした顔をしたが、さすがに文句は言わなかった。上坂はばつが悪そうに言い訳を始めた。

「それがのう、明後日、日本橋の料理屋吉林で殿さまとお美代のお方さまが親子水入らずで食事をなさるのだ。これから、わしが段取りをつけ前金を払いに行くのだが、この五両はその……」

たちまち仁吉は、

「みなまでおっしゃらないでください。大事なお金とお察し致します。今日のところは、このままお引取りください」

「そうか、すまぬな」

上坂は安堵の表情を浮かべ腰を上げた。仁吉は上坂の視線を避けながら小さく舌打ちをした。上坂は廊下に出た。仁吉も続くとお竜がいた。文句の一つも言いたくなり、仁吉はお竜の前に立った。上坂はそそくさと表に出た。お竜は仁吉が口を開く前に、

「すまないね。手元が狂っちまった。勘弁しておくれな」

仁吉は機先を制せられ、

「いやま、たまにはそういうこともあるだろうよ」

却って、お竜に気を遣ってしまった。お竜は軽く頭を下げ、

「今日はこれで帰らせておくれな。さっきので、なんだか調子が悪くなってしまって」

「かまわねえよ」

仁吉は言うと、賭場に向かった。

お竜が山村屋敷を出ると善次郎と助次が待っていた。見事なまでの凸凹が並んでいる。そんな二人を見てお竜はくすりと笑ってから、

「手はず通り、上坂に大損させてやったよ」

上坂が十両あまり負けたことを語った。

「さすがは、お竜さんだ」

助次の追従には耳を貸さずお竜は、

「上坂はこれから上野の吉林へ行くんだとさ」

「狙い通りですね」

助次は顔を輝かせた。

「よし、芝居に入るぞ」

善次郎は両手を打った。

「胸が高鳴るね」

お竜は珍しく気持ちを高ぶらせていた。

「助次もいい芝居しろよ」

「任せてくださいよ」

善次郎と助次はお竜と離れ上坂の後を追った。

第六章　贋作《がんさく》名人

一

善次郎と助次は上坂を尾行した。

紺地木綿の小袖に草色の袴といった地味な格好ながら、六尺近い善次郎は目立つ。助次は善次郎の隣にすっぽりと隠れていた。幸い、武家屋敷や寺が軒を連ねる往来は武士や僧侶の姿がまばらに見受けられるだけで、誰も善次郎に関心を向けてくる者はいない。助次が安岡から聞いた話では、町方は依然として大川の向こうに目が行っている。探索の手が延びてこないうちに企てを運んでおかなくてはならない。

何日かぶりでの外出とあって善次郎の気分は晴れるだろうと思ったが、あいにくと空は雲っていた。昼八つ（午後二時）を過ぎているのに肌寒い風が吹いている。弱々しい日差しが、右手の巨大な大名屋敷の築地塀に降り注いでいた。加賀前田家の支藩富山藩の上屋敷である。支藩といっても十万石、敷地一万坪を超える広大な屋敷だ。

上坂は意気消沈したように肩を落としとぼとぼと歩いている。隙だらけのその背中は、自分がつけられているなど夢にも思っていないことを如実に物語っていた。富山藩邸の築地塀が切れると道の両側に下谷茅《かや》町の町家が広がる。人の往来が増え、巨軀の善次郎は嫌でも目立ったが上坂は振り向きもしなかった。うつむき加減の姿勢のまま五町ばかり進むと上野広小路に出た。左に折れた上野元黒門町に目指す吉林はあった。檜《ひのき》造りの二階家である。玄関先に赤松が植えられ二階座敷からは不忍池が一望の下に見渡せそうだ。

善次郎と助次は上坂が出て来るまで向かいの茶店で待つことにした。

四半時（三十分）程で上坂が出て来た。吉林の近所にある蕎麦《そば》屋に入って行く。二人も続く。上坂は小上がりになった入れ込みの座敷に席を求めた。二人は隣り合わせに席を取る。上坂は見るからにすっかりしょげ返っていた。それを横目に、

「おまえ、今日も儲けたな」

善次郎は大きな声を放った。上坂は無愛想に蕎麦を注文した。善次郎も女中を捕ま

える。

「蕎麦と酒だ。じゃんじゃん持って来てくれ」

これ聞こえよがしに言った。女中も景気のいい客と見たのか、愛想を振り撒いてくる。

「天麩羅も添えてくれよ」

助次が言うと、

「いいのか」

善次郎が問いかけ、

「まかせてくんな」

助次は巾着《きんちゃく》を畳の上に置いた。ずしりとした音がする。

「まったく、羨ましいよ。おれにおまえくらいの博才があったらな」

善次郎はさかんに賞賛の言葉を並べ立てる。助次は満更でもなさそうににんまりとした。

「ちょっとだけでいいから教えてくれよ。博打のコツをよ」

善次郎は猫なで声を出した。助次は得意げに、

「それはな、音なんだ。サイコロの音を聞くのさ」

「音で丁か半かわかるもんか」

「そこが、腕の見せ所さ」

　二人のそんなやり取りに上坂は耳を傾けている。いかにも興味深そうだ。助次がサイコロの音を持ち出した時はよだれを流さんばかりの顔になった。善次郎はおもむろに懐からサイコロを取り出した。次に茶碗を持ち上げ、

「そんなに言うんなら、ここで、それをやって見せてくれよ」

　茶碗を壺代わりにした。助次は勿体《もったい》をつけるように顎を掻き、

「ここでかい」

　善次郎は詰め寄るようにして、

「ああ、頼むよ。やってくれよ。音でサイの目を聞き分けてくれ」

　助次はさらに勿体をつけて腕組みをした。善次郎は上坂の視線が向いていることを確かめ、

「頼む。ここの払いはおれがするから」

　と、両手で拝むような仕草をした。

「ま、しょうがねえな」

　善次郎が顔を輝かせサイコロを茶碗に入れた。

「すまねえな。なら、いくぜ」

サイコロが茶碗の中で弾ける音がした。上坂は蕎麦を手繰《たぐ》る手を止め横目で見ている。助次は目を瞑《つぶ》り、上を向いた。いかにもサイコロの音を聞き分けているかのような所作だ。善次郎は畳の上に茶碗を伏せた。

「さあ、丁か半かどっちだい」

助次は両の瞼を開いた。そして、茶碗の中を見透かすように目を凝らし、

「丁だ」

「丁だな」

善次郎の念押しに助次は自信たっぷりにうなずく。茶碗が開かれた。

「一、三の丁」

助次はにこりともしなかった。

「お見事」

善次郎が賞賛の声を漏らすと上坂は目を丸くし、好奇の色に染めた。

「もう一遍、行くぞ」

善次郎が再びサイコロを茶碗に入れ頭上高く掲げて三、四回振った後、畳に伏せた。助次は今度も両目を閉じていたが、かっと見開き、

「丁」

その態度は微塵《みじん》の揺らぎもない。善次郎が茶碗を開けると、

「四、二の丁」

「こんなもんだ」

助次は格別おごる風もない。上坂は最早、体ごとこちらに向いていた。今にも食いついてきそうだ。善次郎は無視して、もう一度サイコロを振った。

「半だ」

助次は言う。善次郎は無言で茶碗を空ける。

「一、二の半」

またしてもの的中に上坂は目を爛々《らんらん》と輝かせた。ここに至って善次郎は上坂にやっと気づいたかのように、

「どうしたんです、お侍」

と、声をかけた。上坂は顔をそむけ、

「い、いや」

善次郎はそれ以上問いかけることもなく、淡々とサイコロを振った。助次はまたしても的中させた。一旦、顔をそむけ無関心を装った上坂は目を白黒させて落ち着きを

失っていた。さらに、善次郎は三度、サイコロを振った。助次はことごとく的中させた。上坂は気もそぞろに蕎麦を啜った。

そこへ、お竜が入って来た。上坂はお竜の姿を見ると、ばつが悪そうに横を向いた。お竜はしなやかな足取りで善次郎と助次の席にやって来た。

「おや、観音のお竜さんじゃないか」

善次郎の言葉を受け流し、お竜は、

「あんた、性懲《しょうこ》りもなく博打に未練があるようだね」

と、侮蔑《ぶべつ》するような視線を投げかけた。

「おおっと、ご挨拶だな」

「本当のことを言ったまでさ」

「ここにあんたも叶わない名人がいるんだ」

善次郎が助次に視線を向けた。助次は薄笑いを浮かべお竜の視線を受け止めた。お竜は無言で善次郎の話を待っている。

「この助次の旦那はな、丁の目か半の目か百発、百中ってお兄さんなんだ」

「馬鹿なこと、お言いでないよ」

お竜は鼻で笑った。

「なら、試してみな」

善次郎の物言いは挑戦的である。

「お竜姉さんを軽く見るんじゃないよ」

お竜は軽くいなすように薄笑いを浮かべた。善次郎は目を険しくし、

「そうかい。逃げるのかい」

お竜の表情が厳しくなった。

「そうまで言われちゃあ、引っ込むわけにはいかないね。やってやろうじゃないのさ」

「そうこなくちゃいけねえや」

善次郎は茶碗とサイコロをお竜に渡した。お竜は白魚のような指で挟むと鮮やかな手つきで茶碗に放り込んだ。次いで、三度振り畳に置く。善次郎が振った時よりも音が柔らかなようだ。それに、淡々とした所作である。助次は目を瞑っていたが、かっと見開き、

「半」

と、静かに言った。お竜は表情を消して、

「五、二の半」

善次郎が得意そうに言ったが、お竜は表情を動かさずサイコロを振り続けた。それから五度、繰り返した。助次は全てを的中させた。

「どんなもんだ」

善次郎が言う。

「今度は賭場に来な」

お竜は面白くもなさそうに腰を上げた。善次郎は助次に、

「お竜の奴、尻尾を巻いて退散しやがったぜ。いい気味だ」

助次は声を出さずに笑った。

すると、上坂が居ても立ってもいられないように善次郎の側にやって来た。

──引っかかった──

上坂が餌《えさ》に食らいついた。あわてて釣竿を上げてしまっては逃がす。ここは、一段と落ち着かねば。今回の企て、上坂を取り込めるかどうかが成否を握っている。取り込める機会はこの一度だけだ。確実にものにしなければならない。助次も心得たもので善次郎が視線を投げかけると承知したように目でうなずいた。

「すまん」

上坂は目を血走らせている。

「な、なんだい」

善次郎は気圧されたように胸をそらした。

「いや、ぶしつけながら、博打の名人のことなのだ」

上坂は助次に向いた。

「ええ、あっしのことですかい」

助次は人差し指で自分の顔を指した。

「いや、その。いささか、教示願いたいと思ってな」

上坂は背筋を伸ばした。

「教示って、何を」

善次郎は突き放したような言い方をした。上坂は懇願するように、

「サイコロの音の聞き分け方でござる」

善次郎は馬鹿にしたようにかぶりを振った。

「この通りだ」

上坂は頭を下げた。

「お侍さんに頭を下げられるほどのことじゃないが、しかし、そう即席にはな」

「なんとかなりもうさんか」

「お侍、そんなことを身につけてどうしようっていうんだ」

　上坂は困ったような表情で、

「それが、拙者、博打が好きで好きで、たまらんのでござる。それが、高じてある賭場に出入りしているうちに、とんだ借財をこしらえてしまった。これをなんとか取り戻したいのじゃ」

　と、切々と訴えた。

「話はわかったが、博打なんぞやらないほうがいいんじゃないか。お侍が格好のいいもんじゃないぜ」

　善次郎は、一旦は突き放した。

「いや、それができれば苦労はせん」

　上坂はがっくりとうなだれる。

「やめた方がいい」

　善次郎は語調を強めた。

「いや、頼む。この通りだ」

　と、上坂は両手を畳についた。

　善次郎と助次は顔を見合わせ無言でニヤリとした。

善次郎は二種類のサイコロを用意していた。すなわち、丁の目しか出ないサイコロと半の目しか出ないサイコロである。それを使い、右目を瞑れば丁、左目なら半と助次に報せたのだった。

二

「まあ、お侍、お手を上げなすって」

善次郎は口調を柔らかくした。上坂は顔を上げたが、その顔は真剣そのものだ。

「なんとか、お頼み申す」

上坂は訴えかけてくる。善次郎は困ったような顔をして、

「すぐに、そうですかって教えられるもんじゃないんだよ、なあ」

助次も大きくうなずき、

「そうなんだ。こればっかりは、実際の賭場で耳と勘を鍛えないことにはな」

もっともらしい顔をした。

「それは、そうでござろうが」

上坂は恨めしそうに上目遣いになった。

「だから、諦めな」

善次郎が突っぱねると、

「そこをなんとか」

すがるようにしてくる。善次郎は持て余すように困った顔をした。上坂は、

「一度、一緒に賭場に連れて行ってくだされ」

「どうする」

善次郎は肩をそびやかし助次に向いた。

「ま、丁度、これから行こうと思っていたところだけどな」

「ならば、一緒に連れて行ってくだされ」

上坂は承知しなければ、てこでも動かないといった風だ。

「仕方ないな」

善次郎が言うと、助次もうなずいた。


善次郎と助次は上坂を連れ賭場にやって来た。浅草寺《せんそうじ》の裏手にある浄土宗の寺だ。田圃《たんぼ》の中にぽつんと寂しげに建っている。田植えの済んだ田圃が周囲を取り巻き、紋白蝶が舞う平穏な風景の中、鉄火場はいかにも不似合いだ。曇り空の下、山門の屋根

瓦は鈍い光を弾き、松の緑がくすんで見えた。三人は境内を横切り、庫裏に向かった。庫裏の座敷が博打場になっている。善次郎は何度か訪れていた。山村屋敷と違い、見るからにやくざ者が多い。そのため、荒れた空気を漂わせ、汚い言葉が飛び交っている。

上坂は雰囲気に飲み込まれるように身を縮めた。来るのではなかったというような顔をしている。帳場で金を駒に代え、賭場に向かった。

善次郎が上坂の耳元で、

「いいかい、今日のところは助次の横にいて助次の張る通りに張るんだ」

「承知申した」

上坂の表情は明るかった。助次について行けば、よもや負けることはないと確信しているようだ。助次と上坂は賭場の端に座った。善次郎は二人とは距離を置き、離れた所に座った。上坂は善次郎を気遣う余裕はない。必死の形相を壺に向けている。

「入ります」

と、いう声がした。ざわめきが止んだ。壺の中をサイコロが転がる音がする。助次は目を瞑り聞き耳を立てた。いや、そのふりをした。上坂ははらはらした顔で助次の手元に視線を落としている。

壺が伏せられた。

「さあ、張った」

「丁」

と、助次は駒を横に向けた。上坂も手を震わせながら丁に張る。壺が開けられた。

「ピンゾロの丁」

賭場に怒号と歓声が交錯した。

「や、やりましたな」

上坂は顔中をだらしなく緩めた。

「まだまだ、だよ」

助次はうれしくもなんともないといった様子である。上坂はにんまりとした。善次郎は半に張っていた。目の前に置いた駒が回収される。その様子を無表情に見つめた。

「丁」

助次は再び丁に張った。上坂も丁に張る。善次郎はまたも半に張った。上坂の眼中に善次郎はなかった。

壺が開けられた。

「二、四の丁」

その声が響くと、上坂は助次の両手を取り、

「かたじけない」

と、泣かんばかりの顔になった。助次はやんわりとその手を振り払い、

「こんなことくらいで喜ばねえでくださいよ」

いかにもめんどくさそうに顔をしかめた。

「これは、おみそれを致した」

と言う上坂の顔は喜びに満ちている。一方、善次郎は二連敗したが一向に残念そうな様子はない。

壺が振られた。

上坂は余裕の表情である。助次を信じ切っているようだ。助次は半に張った。上坂も当然のごとく半に張る。善次郎は丁に張った。

壺が開けられた。

「二ゾロの丁」

上坂の目は点になった。強張った表情のまま動かない。

「助次殿」

困ったような視線を助次に向けた。助次は涼しい顔で、

「どうしたんだ」

「いや、その、外れましたが」

「そういうこともあるさ」

助次は上坂に顔を向けることもなく次を半に張った。上坂も気を取り直したように半に置く。今度は半だった。上坂の顔は緩んだ。一安心といったところだ。善次郎は丁に張っていた。既に上坂の顔は興奮で紅潮していた。

だが、それから、助次は負けが込むようになった。上坂は途中で止めるわけにはいかず、助次から金を借りて続けた。助次は勝ったり負けたりを繰り返したが、次第にジリ貧となり気がつけば、大きく負け越してしまった。

善次郎はその間、助次とは逆の目を張り続けた。このため、多少浮いている。

「今日はついていねえな」

助次は腰を上げた。上坂は困惑の体で、

「あの……」

「なんだい」

助次は浮かせた腰を落ち着けた。

「負けましたが」

「勝負事だ。仕方ねえな」

「そんな、そんなことは」

「だって、しょうがねえだろう、今更」

「それではいささか話が違う」

「おおっと、妙な言いがかりはやめてくれよ。おいらは、おいらの宰領で博打をやっているんだ。別にあんたから金を借りたわけでもねえぜ。それどころか、いくらか金を貸したはずだ」

上坂は怯《おび》えた顔をした。そこへ、善次郎がやって来た。

これからが勝負だ。上坂を怒らせることなく、手の内に入れなければならない。それには、上坂に自分が騙《だま》されたことを悟らせない。いや、悟られないうちに目的を達することだ。こちらの調子に持って行き上坂に借用書を書かせるのだ。

「どうしたんだ」

「今日はついてねえや。すっかり負けちまった」

助次は肩をそびやかした。

「ま、そういう日もあらあよ。博打だからな」

善次郎は事もなげだ。上坂はうつろな目をしている。

「帰るぜ。おおっと、お侍。貸した金返してもらうおうか」

善次郎が声をかけると上坂はそわそわとし、

「話が違うではござらんか。この者が博打の名人で、百発百中に的中させるということであったはず。それが、こんな有様とは」

「お侍、それは言いがかりってもんだ。博打に絶対はないんだ。絶対があるってことはイカサマをやっているってことだぞ。それともなにか、この賭場に綾をつけようとおっしゃるのかい」

善次郎はすごんで見せた。勝負を邪魔されたやくざ者たちが凄い形相で睨んでいる。上坂はおろおろとしながらも、

「で、でも、蕎麦屋では百発百中でござった」

善次郎は一向に動ずることもなく、

「その時はそうだったんだよ。だが、それが、絶対じゃない。博打なんだからな」

「しかし、今日のところは持ち合わせがない」

上坂はしょんぼりとうなだれた。

「まあ、ここでは、なんだ。表へ出よう」

善次郎に促され上坂は庫裏の外に出た。

寺の山門を潜り畦道《あぜみち》を歩くと雲が切れていた。日輪が顔を覗かせ、西日の矢となった日差しが目を射る。万緑をそよがす青嵐が吹き渡り、博打の興奮で汗ばんだ身体を爽やかに拭ってくれた。しかし、上坂の表情は冴えず肩を落とした影絵となって田園に引かれた。

「三両二分の貸しだ」

「わかっておる」

上坂は開き直ったように顔を上げた。

「なら、払ってもらおうか」

「今はないと申したはずだ」

「ならば、これからお屋敷まで行きましょうか」

「それは、困る」

「じゃあどうするんですよ」

「後日払う」

「確かですね」

「武士に二言はない」

「信じたいところだが、そうだな、借用書を書いてもらいましょうか」

「借用書だと」

「じゃなければ、お屋敷へ行きますよ」

「わかった。したためよう」

上坂は懐紙と矢立《やたて》を取り出し三両二分を借りた旨《むね》、書面にし、上坂三太夫《さんだゆう》と指名し花押を記した。

「これで、どうだ」

胸が高鳴った。

この紙切れは三両二分どころの値打ちではない。起死回生《きしかいせい》の切り札である。腫れ物に触るような慎重さで手にしたいところだが、そんな素振りは見せず、

「いいでしょう。で、金はどこへ持って来ていただけますか。早いほうがいいですな」

「早いと申されても、明日は殿の用事がござる」

「それは、上坂殿のご都合でしょうと、言いたいところだが無理強いはしません。何時《いつ》なら大丈夫ですかな」

　上坂は算段するように首をひねっている。書付があくまで借用書だと信じ込ませるために駄目を押す。

「お屋敷にお伺いしましょうか。どちらです」

　上坂は右手を小さく振り、

「それは、ご勘弁願いたい」

「もちろん、お屋敷のどなたにも気づかれないよう致します。こっそりと裏門から……」

　上坂は善次郎の言葉を遮り、

「いいや、それだけはご勘弁願いたい。そうですな、明後日の五月朔日《ついたち》、上野に殿のお供で参るのが昼九つ（正午）、用事をすませてからじゃから……、七つ（午後四時）には先ほどの蕎麦屋にお届けに上がりましょう」

「承知した」

　善次郎は上坂が騙《だま》され切ったことを確信した。

三

上坂と別れてから、助次が寄って来た。田圃の畦道《あぜみち》をのんびりと歩きながら、

「へへへ、うまくいきましたね」

助次はにんまりとした。善次郎も笑みをたたえ、

「おまえ、意外と芝居がうまかったな」

「へへへ」

助次は得意げに鼻の下をこすった。

「これさえあればこの企て、成就したも同然だ」

善次郎は上坂に書かせた借用書を助次に見せた。

「これで、上坂の文をこさえられますね」

「上坂の筆使いと花押を利用してな」

善次郎が表情を引き締めると、

「旦那がやるんですか。器用ですね」

「おれじゃない。餅《もち》は餅屋だ。贋作屋《がんさくや》に頼むさ」

「柿右衛門《かきえもん》の爺さんですか」

「そうだ。急ぐぞ。今からならなんとか日が暮れるまでに間に合う」

善次郎はいそいそと歩き出した。


善次郎と助次は神田佐久間町の裏長屋にやって来た。その一角に目指す贋作屋柿右衛門の家がある。夕闇が迫っている。町家が淡い茜《あかね》に染まっていたが、往来には人の波は絶えていない。見知らぬ長身の男に向けられる好奇の視線を払い除けるように辺りを睥睨《へいげい》すると、目についた酒屋で五合徳利を二本買い求めた。助次は先に歩き、長屋に入って行く。三軒長屋の真ん中の格子戸を叩き、

「とっつぁん、いるか」

と、声を放った。返事がない。

「留守か」

言いながら格子戸を開けた。土間を隔てて小上がりになった六畳間と四畳半の部屋は襖が取り払われ、一間続きになっている。掛け軸やら壺やらが乱雑にとり散らかっていた。

が、誰もいない。

「とっつぁん、留守のようですね。出直しますか」

「いや、仕事の途中のようだ。待つとしよう」

善次郎は上がり框《かまち》に腰を下ろした。助次は土間を見回し、へっついにかけられた鍋の蓋《ふた》を開けた。

「湯、冷めてますけど、いいですね」

助次は茶碗と茶を見つけ鍋から湯を注いだ。湯じゃなく、水だろうと思ったが黙っていた。

「いい腕していますからね、爺さんは」

助次が言った時、格子戸が開けられた。初老の枯れ木のような男が入って来た。湯桶を持っていることから湯屋に行っていたようだ。

「よお、とっつぁん」

助次が声をかけると、柿右衛門は、

「ああ」

素《す》っ頓狂《とんきょう》な声を上げ湯桶を落とした。次いで、格子戸を閉めた。

「おい。何処《どこ》行くんだ」

助次は土間を横切って格子戸を開け、路地に出る。柿右衛門は路地を大袈裟な身振りで走って行く。

「待てよ」

助次は柿右衛門の背中に声を放ったが、それで止まることはなかった。だが、柿右衛門は歳である。すぐに息を切らした。助次は木戸を出た所で追いついた。

「今日は勘弁してくれ」

柿次郎は両手を合わせた。

「おい、とっつぁん。おれだよ。助次だ。うわばみの助次だよ」

と、助次は自分の顔を指差した。柿右衛門はやっとのことで助次に気づき、

「ああ、あんた、うわばみの親分か」

と、ほっとしたような顔になった。

「どうしたんだよ、逃げ出したりして」

「面目《めんぼく》ねえ。借金取りかと思ったんだ」

「おれや紅月の旦那を借金取りと間違えるとはよっぽど首が廻らねえんだな」

助次は苦笑を漏らした。

「さっきいたのは紅月の旦那だったのか。おれももうろくしたもんだ。ちっとばかり、けちがついてしまったんだ」

柿右衛門は言いながら路地を自宅に引き返した。自宅の格子戸を開け、

「こら、紅月の旦那、とんだみっともねえところをお見せしちまってすまねえな」

「そのことはいいや。一杯飲んでくれ」

善次郎は徳利を持ち上げた。たちまち、柿右衛門の顔は綻《ほころ》び、

「こいつはすまねえな」

よっこらしょっと部屋に上がった。

「一杯いこうや」

善次郎の酌を茶碗で受け目を細めた。腕が震えている。

「酒が切れていたみたいだな」

善次郎が微笑みかけると、一息で飲み干した。

「うめえ。五臓六腑に染み渡らあ」

柿右衛門は声を震わせた。

「とっつぁん、なんだか、仕事にけちがついたんだそうですよ」

助次に言われ、

「まったく、ついてねえや」

柿右衛門は二杯目は味わうようにゆっくりと飲んだ。

「どんな仕事だい」

　善次郎の問いかけに、

「さる、大店の旦那に持ち込まれた仕事さ」

　柿右衛門は一幅の掛け軸を持ち出した。唐土《もろこし》の深山幽谷《しんざんゆうこく》を描いた水墨画だった。

「値打ちがあるのか」

「本物ならな。なにせ、雪舟《せっしゅう》だ」

　柿右衛門は抜けた歯の隙間から気味の悪い笑い声を発した。

「とっつぁんの贋作かい」

「ああ。我ながらいい出来だと思ったんだがな」

　柿右衛門はしげしげと見下ろした。

「さっき言ってた大店の旦那に頼まれたのか」

「そうさ」

「それが駄目になったてえのはどういうことなんだ」

　善次郎も酒を一杯口に含んだ。

「それが、代金が払えねえなんて言い出したのさ。こちとら、他の仕事を断って一月かかりっきりになったのによ」

「どこのどいつだい。そんな無責任な仕事をやらしたのは」

助次が口を挟んだ。

「蔵前の札差上総屋の主玄助だよ」

柿右衛門の答えは善次郎と助次を驚愕させた。

「上総屋の玄助がなんだって、雪舟の掛け軸の贋物《にせもの》をこさえろなんて言い出しんだ」

善次郎が問いかけた。

「それがだ」

柿右衛門の説明はまどろこしく、中々要領を得なかったが、それでも善次郎が不明な点を問い、なんとかしてわかった事情は次の通りである。

上総屋は多くの宝物を蔵に納めていた。札差として直参旗本と取引する上総屋は、借財の利子や返済金の代わりに、その旗本家に伝わる宝物でしばしば返済を受けているからだ。雪舟の水墨画もそうした宝の一つだ。上総屋の蔵に収蔵された宝の中でも特に値打ちがある。他の掛け軸と一緒に、しかるべく骨董屋《こっとう》に修繕を依頼することになった。玄助は多くの掛け軸の中から特に雪舟の掛け軸を選び、柿右衛門に贋作を依頼した。

「本物をいずこかの好事家《こうずか》か大奥、あるいは、大名家へ売ろうとした。代わりに贋作を蔵に戻してごまかそうとしたんだな。玄助の奴、姑息なことをしやがるもんだ。一体、いくらになるんだ」

　助次が聞いた。柿右衛門は天井を見上げていたが、

「そうさな。五百両にはなるだろう」

　とたんに助次は、

「そいつはすげえや」

　と、感嘆の言葉を吐いたが、それは善次郎も同じだった。

「で、あっしには駄賃として五十両が懐に入るはずだったって寸法さ」

　柿次郎は苦笑を漏らし酒をぐいとあおった。

「そいつは気の毒なことをしたもんだが、なんだって玄助はそんなことをしたんだろうな」

「さあね、女でもできたんじゃねえのかい。おらあ、おれの腕を見込んでくれた客のことはあれこれ詮索しねえんだ。なにせ、贋作造りだ。それなりにいわくがあるに決まっているからな。今回は雪舟の水墨画だ。おらあ、腕によりをかけてみっちりと仕上げてやったぜ。ところが、ついさっきのことだ。玄助の奴、あれは売れなくなった、贋作は不要になったなんて抜かしやがって」

「きっと、女房のお菊にばれたんですよ」

助次が言うと柿右衛門も、

「大方、そんなことだろうよ。でもって、金も五十両なんてとても払えない。なにせ、売ることがなくなったんだから、払う金はねえ。どうか、これで勘弁してくれってんで。いくら置いていったと思う」

柿右衛門はため息を漏らした。その渋柿を噛んだような顔を見れば金払いの悪さが想像できる。助次が、

「二両か三両かい」

柿次郎は大きくかぶりを振り、

「二分だよ」

「二分だと」

助次は呆れたような声を出した。それから、「よっぽど女房が怖いんだな」と付け加えた。

「こっちは、他の仕事を断って入れ込んだのによ。これで、方々の借金が返せるってあてにしてたんだ」

柿右衛門はぼやくことしきりだった。

「玄助の上総屋での立場がわかりますね」

助次の口調は玄助に同情的だった。善次郎は、

「事情はわかった。なら、とっつぁん、こっちの仕事をしてもらいてえんだ」

「旦那が仕事をくれるのか。またぞろ、偽の証文をこさえろって言うのか」

「そんなもんだ」

善次郎は上坂に書かせた借用書に金一両をつけて差し出した。柿右衛門は山吹色の輝きを眩《まぶ》しそうに見ながら、

「わかった、どうすればいい」

「この筆跡をそっくり真似て文を書いてくれ。うまくいったら、もう一両だ」

柿右衛門は大きくうなずいた。

「文面はだ」

善次郎は一旦、目を瞑った。

そして、一言、一言を丁寧に搾《しぼ》り出すように口にした。それを柿右衛門は紙に記していく。いわく、五月朔日昼九つから中野石翁は養女お美代の方と共に日本橋の料亭吉林で会食をする。そこへ、金五百両を届けよ、とした。

「これで、山村も引っかかるでしょうね」

助次はうれしそうだ。

「こんなことか。おやすい御用だ」

柿右衛門は拍子抜けしたようでさえあった。

「とっつぁんにしたら物足りねえ仕事だろうがな。すぐに出来るか」

「まあ、念を入れて一時ほどだな。酒でも飲んで待っててくんな」

「そうだ助次。おまえ、明後日、山村屋敷の賭場に顔を出して、屋敷の様子を見て来いよ。お竜のことが心配だ。仁吉の奴、中々の切れ者だ。お竜の様子に妙な勘繰りを入れないとも限らんからな」

「そりゃ、かまわねえですが、上坂と顔を合わせたらまずいですけどね」

「明後日、上坂は中野石翁のお供で吉林へ行き、それから蕎麦屋だ。蕎麦屋に来たらおれが引き止めておく。山村の賭場には行かないから大丈夫だ」

「そういうことなら行って来ますよ」

「よし、それなら、とっつぁん。上坂の紹介状もこさえてくれ。賭場への紹介状だぜ」

「まかせな」

柿右衛門はうなずいた。

善次郎と助次は酒盛りを始めた。柿右衛門は文机《ふづくえ》に向かった。行灯《あんどん》を引き寄せ眼鏡と天眼鏡を取り出し、上坂の借用書の文字を点検する。その上に紙を置き、この当時は珍しい鉛筆で署名をなぞった。なぞった文字を別の紙で丁寧に練習する。何度も繰り返した。紙に善次郎の指定した内容の文面を書く。何度も書く。書いては書き直し、いつしか紙の束が山積された。

善次郎はそれを頼もしげに見ていた。

「よし、これなら、大丈夫だ」

柿右衛門はしげしげと眺めた。善次郎は文机まで歩き、柿右衛門の背中越しに見下ろした。

「うん、それらしいぜ」

心の底からそう思った。これなら、上坂の文と内藤も疑うことはあるまい。

「よし、助次、これを内藤に届けるんだ」

「合点だ」

三合ほど酒を飲んだが全くの平生だ。さすがはうわばみの助次と、この点は感心する。

「とっつぁん、ありがとよ」

「なに、いいってことよ」

善次郎は徳利を柿右衛門に向けた。柿右衛門は満足そうにそれを飲み干した。

その日の朝のことだった。

上総屋の居間で、柿右衛門の話通りの騒ぎが起きていた。お菊が玄助を相手に悲鳴に似た声でなじっていたのだ。

「雪舟の掛け軸、一体、どうしようとしていたの」

お菊は般若《はんにゃ》のような顔つきになっている。

「いや、それは」

玄助はしどろもどろである。

「どうして永田屋に修繕を出しておきながら、引き取ったの」

「いや、だから、あの掛け軸を気に入って譲ってくれないかとおっしゃるお旗本さまにお目にかけようと思ったんだ」

「どちらのお殿さまだい」

「それは……。今のところは内緒にしてくれとのことで……」

「ふん、下手な嘘をお言いでないよ」

「嘘じゃないさ」

「なら、名を言ってごらんなさい」

「………」

「やっぱり嘘じゃないか」

玄助が黙っているとお菊は嵩《かさ》にかかって、

「永田屋から知らせてこなかったら、ごまかされるところだったよ。大方、どっかへ売ってその金を女にやろうと思っていたんだろ」

「そんな、女なんて」

「とぼけるのかい」

「とぼけてなんかないさ」

「おや、わたしの目は節穴だとでも言うのかい」

お菊は怒りを露《あらわ》にした。玄助は身をすくませながらも、

「一体、なんのことやら」

「お衣だよ。とぼけるんじゃない」

お菊は櫛を投げた。櫛は玄助の頰をかすめ障子を破った。

「な、何をするんだ」

玄助は頭を抱え込んだ。

「あんな、へちゃむくれ。あんたが囲おうと、どうでもいいと思っていたんだ。でもね、こんな真似をされたら我慢できない。上総屋のお宝を売り払うまでされたんじゃね」

「なにをしようって言うんだい」

玄助は恐怖の色を浮かべた。

「なに、心配しなくてもいいさ。ちょいと、お仕置きしてやるだけなんだから」

お菊はにやにやと意地悪く笑った。

「お玉、お玉はいるかい」

「はい、お内儀さま」

お玉はお菊の側にやって来た。美しい顔立ちが険しくなっているのは、お菊の怒りを前にしたからに違いない。

「大五郎を呼びなさい」

それから、お菊は玄助に向き直り、

「あんた、用はすんだよ」

「大五郎に何をさせるんだ」

お菊はそれには答えず、

「あんたは早く店に行きなさい」

玄助は何か言いたそうだったが、唇を嚙み居間を出て行った。入れ違いに大五郎の巨体が部屋に入って来た。

「お呼びで」

大五郎はお菊の前でかしこまった。

「お衣を今まで見過ごしてきたけど、ここらで、お灸《きゅう》を据えておやり」

「わかりました」

「やり方は任せるよ。言っとくけど、命を奪ったりしたらいけないからね」

「いくらなんでも、そんなことはしませんや」

大五郎はうなずいた。


善次郎と助次はお衣の家にやって来た。助次がどうしてもお衣の顔を見たいと言い出したのだ。いよいよ仕掛けが動き始めたとあって気持ちが高ぶっている上に酒がそれを助長させている。お衣を訪ねることで助次の気がすむのならと、善次郎もつきあうことにした。

西の空は夕焼けが濃くなっていたが、中天は浅黄色が残り、卵色の月が浮かんでいる。そよ風が善次郎の月代をいたずらっ子のように撫でていく。

「お衣、すまん」

玄関の戸に手をかけたとき、男の声が聞こえた。悲痛な声だ。ただ事ではない。男はおそらく玄助ではないかと察した助次は、善次郎と共に裏庭に廻った。縁側でお衣が呆然としている。頭には頭巾をかぶせていた。

「大丈夫ですよ。旦那さま。髪の毛は残っております。それに、また、伸びるものですから」

どうやら、お衣は髪を切ったらしい。まさか、尼にでもなるのだろうか。

「こんな、惨いことを」

玄助は何度も詫び事を繰り返した。

「旦那さま、本当に大丈夫ですったら。それより、早く、お店に戻ってください」

お衣の気遣いに玄助は頭をこくりと下げながら裏木戸に向かって歩いて来た。お衣は箒を手に裏庭に出て掃除を始めた。裏木戸から玄助が出て来たところを、

「待ちな」

と、善次郎は引き止めた。次いで、お衣の視線が届かない所まで引っ張って行っ

た。玄助は善次郎との思わぬ再会に驚きの表情を浮かべながら、

「確か、紅月さまでしたね」

「そうだ。あの時は世話になったな」

「よろしいのですか、このような所で」

「町方に追われているって言いたいんだろ」

「はあ」

玄助は申し訳なさそうに面を伏せた。

「おまえを恨むつもりはない。大五郎の描いた絵図だろ」

「さようでございます」

「ところで、お衣、どうしたんだ。髪なんか切って」

玄助は悲壮な顔になった。

「惨いことでございます。大五郎の奴に髪を切られてしまったのです」

助次は、「なんてことをしやがる」と悔しそうに顔を歪めた。善次郎は努めて冷静な口調で、

「そいつは惨いな。お菊の差し金か」

「はい。わたしがちょっとした出来心で店の宝を横流ししようとしたのがいけなかっ

たのです。しかし、わたしは、この二十年、上総屋一筋に奉公してまいりました。先代の旦那さまに見込まれてお菊の亭主となり、五代目を継いでからも主らしきことは何一つできません。お菊も周りもわたしのことを主とは見ていません。相も変わらず上総屋の手代です」

玄助は鬱憤《うっぷん》を晴らすように捲し立てた。

「あんたも辛い立場だな」

玄助はうなだれた。善次郎は思い切って、

「どうだ。おれと組まないか」

玄助は目を泳がせ、

「どういうことでございます」

「おれは山村と上総屋に一泡吹かせるつもりだ。山村と上総屋を共倒れにしてやるんだ」

「それは……」

さすがに玄助は乗ってこない。

「考えてみてくれ」

「いいえ、そういうことはできません」

玄助はきっぱりと首を横に振った。

「おまえの立場を考えればそれはそうだろうが。しかし、こうまで虐《しいた》げられたんじゃ、この先も思いやられるだろう」

「わたしにどうせよと言うのですか」

「上総屋の商いの実際を記した帳面を持ち出してくれ。上総屋は不当な利子で貸し付け、暴利を貪《むさぼ》っていると評判だ。あんたがやっているとは思えない。女房だろう。それが明らかになればいい。それと、山村に貸しつけた千五百両の内情も詳細に書き記してくれ。おれの濡れ衣を晴らして欲しい」

「はあ、しかし、それで上総屋が闕所《けっしょ》にでもなったら、わたしも奉公人も立ち行きません」

善次郎はふんふんとうなずきながら、

「ならば、いっそ、お衣と江戸から出たらどうだ」

玄助はお衣の家を振り返った。

夕陽が濃くなりお衣の家を朱に染めている。どこか、懐かしげな情景だ。烏《からす》の鳴き声が妙にわびしさを誘う。

「考えてみてくれ」

善次郎は玄助の肩をぽんと叩いた。玄助はうなだれた。

「その気になったら、報せてくれ。おれは、谷中の幸集寺に厄介になっている」

善次郎は助次を伴い玄助の前から立ち去った。

「玄助に旦那の居所を教えるなんて無茶ですよ。大五郎の耳に入ったらどうするんです」

助次の心配に善次郎は強い眼差しを返し、

「玄助は上総屋から心が離れようとしている。抱き込むなら今だ。それにはこっちの手の内も見せないとな。ま、ここは賭けだ。この賭け、吉と出るぜ。あのお衣の姿を見たからには、玄助だって腹をくくるだろうよ」

「大五郎の奴、許せねえ。お菊もだ」

助次はお衣の災難に怒りを爆発させた。

「その怒り、事が成就するまで腹の中に仕舞っておけ」

善次郎は宥《なだ》めるように右手を助次の肩に置いた。助次は善次郎を見上げ、

「あっしゃ、お衣が哀れでなりませんや。あんな目に遭わされても、けなげに掃除なんかしやがって……。まるで、女中みたいに……」

その顔は夕陽で真っ赤に染まっていた。

第七章　観音窮地に立つ

一

五月一日、仕掛けの日の朝だ。企ての成功を思わせるような青空が広がっている。身体中に日輪の恩恵を受けたくなった。午前中を子供たちを相手に鬼ごっこをして過ごした。昼近くなった。助次が山村屋敷に向かっている頃だ。上坂と落ち合うことになっている蕎麦屋に行くまでにはまだ時があるが、外を出歩いて暇を潰すことにした。

善次郎は紺地木綿の単衣に草色の袴を身に着け上野池之端《いけのはた》にやって来た。不忍池の蓮が小波《さざなみ》に揺れている。水面《みなも》には寛永寺の伽藍《がらん》が映り込み、歩いているだけで心が浮き立ってくる。池の畔を通り抜け池之端に向かった。繁華街に身を置き、露天商や岡場所を冷やかしながら歩いていると、背後に視線を感じる。先ほどからずっと感じているることだ。素知らぬ顔を装い背後を窺う。女郎屋の張り見世を冷やかしている男たちの一人が視線をそらした。明らかに善次郎を見ていた。なりは木綿の袷を着流し前掛けといった商家の手代風だが、善次郎をつけ回していることは視線の定まらない様子で一目瞭然である。他の連中が女郎を見定めようと目をぎらつかせている中、妙に落ち着いた様子で足元の小石を蹴飛ばしている。

町方の隠密廻りであろう。岡っ引には見えない。てっきり大川の向こうを探索しているものと油断していた。善次郎は足を速め横丁に入った。隠密もつけて来る。そのまま横丁を抜け、池之端の喧騒を逃れて不忍池の畔に出た。蓮は花を咲かせるには早いが、濃い緑の塊《かたまり》となって水面を埋めている。湖面にせり出した弁天島は逢瀬を楽しむ男女で賑わっていた。

茶店に入ろうとしたところで、背中に冷たい物を感じた。

「動くな」

その声は振り返らなくても仁吉とわかった。ということは、池之端にいたのは仁吉の子分か。いや、やくざ者ではなかった。あれは町方だ。

そうだ、自分は町方と仁吉たち両方に追われていたのだ。

「旦那、しぶといな」

仁吉の声は不気味に低い。

「身体が頑丈なのが取り柄でな」

「軽口も大概にしな。黙ってついて来るんだ」

仁吉は善次郎の背中に突き立てた匕首《あいくち》の切っ先を軽く押し付けてきた。周囲は人が群がっている。ここで刺されることはないだろう。いや、油断は禁物だ。仁吉という男、中々腹が据わっている。人目があっても善次郎が抗えば、容赦しないに違いない。

なんとしても逃れねば。黙ってついて行けば、この前の拷問以上の苦しみが待っているに違いない。地獄の責め苦だ。今度は耐える自信はない。善次郎は咄嗟に目の前を歩く娘の尻を触った。

「きゃあ」

と、娘が悲鳴を上げ、一緒にいた男が振り返った。匕首の切っ先が背中を離れた。

「すまねえ」

善次郎は言うや眼前の男女をかき分けた。意表をつかれた仁吉が、

「野郎」

と、声を放った時には、善次郎は人混みの中に紛れ込んでいた。しかし、今度は、

いる。

「御用だ！」

甲走った声がした。周囲を突棒《つくぼう》や刺股《さすまた》を手にした町奉行所の中間《ちゅうげん》や小者が群れている。

「南町奉行所だ」

同心と思われる男が叫んだ。捕方が善次郎を囲んだ。善次郎は大刀を抜き放つ。突棒が繰り出された。善次郎は大きく跳躍をした。今度は梯子《はしご》が繰り出される。その梯子の上を駆け上がりさらに跳躍した。捕方の輪を飛び越す。

辺りは思わぬ捕物騒ぎに騒然となった。善次郎は走った。捕方も追いかけてくる。右に不忍池を見ながら走る。と、寿司の屋台にぶつかった。寿司が撒《ま》き散らかされた。屋台の主人や客から怒声が起きたが、雲を衝《つ》く巨人が相手とあってみな口をつぐんだ。

善次郎は走り続けたが長くは続かず、捕方に追いつかれ足を引っ掛けられた。もんどり打って転倒する。捕方が殺到する。善次郎は三尺の大刀を振り払った。捕方がひるんだその隙に一軒の茶店に飛び込んだ。茶店は捕物騒ぎで誰もいない。一時的に騒ぎが静まるまでどこかへ避難しているようだ。どこかに身を隠そうかと思っていると奥から、八丁堀同心の姿が見えた。

外に出ようとしたが、捕方が迫っている。目の前の同心を倒すしかないと大刀を構え直すと、

「紅月善次郎、おれだよ」

八丁堀同心は南町の安岡貫太郎。すなわち、助次がかつて手札をもらっていた同心だ。

「おお、あんたか」

「そこに隠れな」

安岡はすのこを指差した。どうやら逃がしてくれるらしい。

「恩に着るぜ」

「恩に着るより、銭だ。一両だせ」

安岡は手を出してきた。強欲ぶりが鼻についたが、今はそんなことは言っていられない。

「そらよ」

巾着から二分金を二枚放り投げ、すのこを被った。安岡は金を手早く袂《たもと》に入れ、布ですのこを覆うと素知らぬ顔で茶を飲み出した。

そこへ捕方がやって来た。

「御用だ」

そう言ったが、

「ごくろうさん」

安岡は縁台に腰掛けたまま間の抜けた声を放った。南町の同心が、

「これは、安岡殿。我らお尋ね者の紅月善次郎なる浪人者を追ってまいった。この茶屋に飛び込むのを見た者がおるのだが」

安岡は茶を啜り上げ、

「紅月かどうかはわからんが、えらく背の高い浪人者が血相を変えて飛び込んでまいった。わしはてっきり厠でも借りに来たのかと思った」

と、奥を指差した。

「行くぞ」

捕方は奥を探した。いないぞという声がし、次に、

「奥を抜け逃げたんだ」

捕方は走り去った。

「行ったぞ」

安岡は茶をふうふう吹きながら声をかけてきた。

「助かった」

善次郎はすのこから這い出た。

「ここ二、三日、助次の奴、顔を見せなかった。その間におまえの探索の目が浅草、上野に向いたんだ。おらあ、虫が知らせてな、万が一を考えて来てやったんだ」

「そいつは恩に着るぜ、礼を言う。おおっと、礼を言うと、さらに金をせびられそうだな」

安岡はへらへらと笑った。安岡といい柿右衛門といい妙な連中と知り合ったものだ。

「とにかく、用心しな」

「ああ、明日にはおれのお尋ね者も取り下げられるだろうさ」

「何か企んでやがるな」

安岡はにんまりとした。金儲けの臭いをかぎつけたようだ。

「じゃあな」

善次郎は言うと足早に立ち去った。

善次郎は蕎麦屋に顔を出そうとしたが、危険を思い幸集寺に戻った。上坂は待ちぼうけを食らうだろうが、三両二分は受け取れなくたって構うことはない。

山村屋敷の書院では内藤が山村清之助と面談をしていた。

「殿、いよいよでございますぞ」

内藤は身を乗り出した。山村の顔は興奮のためか火照っていた。

「今日、向島のご隠居さまはお美代のお方さまと親子水入らずの場で会食をなされます。そこへ呼ばれたということは、殿の長崎奉行就任は間違いありますまい」

「ふむ、そうじゃな」

山村は青瓢箪のような顔を光らせ、自分自身に言い聞かせるようにうなずく。しかし、一旦はそう言ったものの、不安が過《よ》ぎったのか顔をくもらせ、

「しかし、そのような場にお邪魔していいものだろうか」

「遠慮しておられる場合ではございませんぞ。わざわざ上坂殿が報せてくださったということは、それを踏まえてのこと。遠慮などしておったら、かえってご隠居さまの不興を買うに違いありません。ぼやぼやしておりますと、青山さまに出し抜かれますぞ。現に青山さまは姑息にも、葉桜の会の宴《うたげ》が向島のお屋敷で催されると耳ざとく聞かれ、そこに酒肴《しゅこう》を献上なさったのです。ご隠居さまはえらく喜ばれたとか。それを、あの千両で青山さまにお気持ちが傾くのを引き止めたのです」

内藤はこれまでなんのために苦労してきたのだと言いたげである。

山村はうなずいた。

「殿、まさに今は大詰めです」

内藤は詰め寄った。

山村は表情を引き締めた。

「今日にかかっておりますぞ」

「わかった」

「お父上のように長崎奉行におなりなされ」

山村の目は輝いた。

二

仁吉が善次郎を取り逃がして山村屋敷に戻ると、屋敷は騒がしかった。山村清之助は錦の着物に身を包み、内藤が供をする駕籠がまさに出立するところだった。中間部屋の土間でお竜が、

「なんだか殿さま、ずいぶんとめかし込んでいるじゃないか」

仁吉は首をすくめ、

「そうなんだ。内藤さまもぴりぴりなすっていたよ」

その表情は何故か冴えない。

「どうしたんだい。そんな冴えない顔して」

「ちょっとな」

「気になるね」

「このところ、顔を見せない紅月の旦那のことだよ」

「そう言えば、見かけないね」

「あんた、どっかの賭場で見かけなかったかい」

仁吉の三白眼が揺れた。心底困っているのだろう。内藤に叱責を受けたのかもしれない。

「さあね。でも、どうしてそんなに気になるんだい。あの旦那、賭場に借金なんかしていなかっただろ」

「借金はなかったんだがな……。ま、いいや」

仁吉は首を捻りながらその場から去った。

昼九つになり助次がやって来た。お竜は言葉をかけようとしたが周囲を憚《はばか》り、口をつぐんだ。

「旦那に様子を探るよう言われた」

助次はぼそっと言ってから帳場に向かった。仁吉に向かって、

「渡り中間の助次ってもんだ。中野石翁さまのご用人上坂さまからここの賭場のことを聞いたんだが」

と、柿右衛門に上坂の筆使いで作成してもらった偽の紹介状を出した。仁吉はそれを検め、

「上坂さまのご紹介なら心配ねえや」

と、駒を用意した。

「なら、稼がしてもらうか」

助次は大威張りで帳場に向かった。今日も賭場は賑わっていた。お竜は相変わらず艶かしい。

山村の奴、どんな顔をして戻って来るのやら。助次は一人ほくそ笑んだ。

この時、上坂が中間部屋の戸を開けた。上坂は仁吉を見るなり、

「ちょっと、頼みがある」

上坂は手招きした。仁吉は土間に降り立ち、

「今日はおいでにならないって話じゃなかったでしたっけ」

「そのつもりだったんだが、予定が変わった。お美代のお方さまのご都合でな、吉林へのお供が早まったのだ。今頃は宴もたけなわだろう。おかげで、用立てなければならない金を屋敷で調えられなかった。すまんが、三両ばかり用立ててほしいんだ」

「へえ、そうなんですかい。わかりました。かまわねえですよ」

「かたじけない」

上坂は善次郎から作った借金の穴埋めをここでしようと思ったのだ。

賭場からはさかんに歓声が聞こえる。聞いているうちに上坂は血が躍ったのか頬が緩んだ。

「どうです、遊んでいかれたら。駒、回しますよ」

仁吉は上坂の心の内を見透かしたような目をした。上坂は誘いに乗りそうになったが、

「いや、やめておく。まずは、用事を済ませなければならんからな」

と、踏ん切りをつけるように踵《きびす》を返した。

「そう言えば、上坂さまのご紹介で渡り中間がやって来ていますよ」

と、仁吉が声をかけると上坂は振り返り、

「渡り中間だと」

怪訝《けげん》な表情を浮かべた。

「ええ、助次って言ってやした」

「知らんぞ。わしは」

上坂は首を捻っていたが、

「待てよ。助次だと」

と、賭場に上がった。助次を見据え、

「あいつ」

と、両の拳を握り締めた。仁吉はその表情にただならぬものを感じ取り、

「どうしかしましたか」

「一昨日、あいつを信用したばっかりに、わしは酷《ひど》い目に遭ったのだ」

上坂は唇を噛みしめながら助次の博打の様子を見始めた。今日の助次は勝ったり負けたりを繰り返している。

「おのれ……。たばかりおって」

上坂は目を血走らせた。

「どうしたんですよ」

「一昨日のことだった」

と、上坂は蕎麦屋での経緯から善次郎に連れて行かれた浅草寺裏の賭場のことを話した。仁吉の顔は見る見る歪《ゆが》んだ。

「上坂さま、その一緒にいたという馬鹿でかい浪人者というのは、やたらでかい鷲鼻をしてませんでしたか」

上坂は躊躇《ためら》うこともなく、

「そうだった」

と、大きくうなずいた。仁吉もうなずくと、

「それで、二人にあのお竜が加わったのですね」

上坂は首を縦に振る。

「お竜の奴」

仁吉は憎悪で真っ赤に染まった目をお竜に向けた。次いで、賭場に上がるとゆっくりと助次の傍らに歩いて行き、

「どうだい、調子は」

と、声をかけた時には表情を落ち着かせていた。助次は苦笑を浮かべ、

「勝ったり負けたりだ。このところ遊んでいないからな。勘が鈍っているようだぜ」

仁吉も薄笑いで応じながら、

「おや、おかしいな。昨日もあんたを賭場で見たってお人がいるんだがな」

「そら、人違いだろ」

「そんなはずはねえさ。見たって人はあんたもよく知ってなさるお人だ。よもや、見間違えることなんかねえと思うがな」

仁吉はおかしそうに笑った。助次はおやっといぶかしむ顔をしたが、

「あんたに紹介状を書いてくだすった上坂さまだよ」

仁吉は匕首を助次の脇に突き立てた。次いで低く野太い声で、

「黙って立ちな」

助次は立ち上がり仁吉に連れられ小座敷に入った。そこに上坂が待っていた。

「おまえ、よくも」

上坂は物凄い形相で睨んできた。

助次の目が点になった。なんでここに上坂がいるのか目を疑ったが、上坂がいるという現実を受け入れないわけにはいかない。何らかの手違いが起きたのだ。せっかく

企てはうまい具合に運んでいたというのに。だが、まだ失敗したわけではない。山村は善次郎が仕掛けた罠に引っかかり吉林に向かっているはずだ。ここは、歯をくいしばってしらばくれよう。

「てめえ、紅月の旦那とぐるだな」

仁吉はいきなり平手を打ってきた。助次は吹き飛ばされもんどり打った。

「おい、てめえら、何を企んでいるんだ」

「何も企んじゃいないさ」

助次は唇から血を滲ませた。上坂は不愉快に顔を歪め、部屋から出て行ってしまった。

「さあ、吐け」

仁吉は二度、三度平手を打った。助次は畳を転がりながら、

「知らねえ」

と繰り返した。

「なら、別のことを聞く。紅月の旦那はどこに隠れているんだ」

「知らない。本当だ」

助次は顔を上げた。

「なら、もう一つ聞くか。お竜はおまえたちとぐるなのか」

「違うよ」

「嘘を吐くとためにならねえぜ」

「仲間なんかじゃねえ」

「そうじゃねえな。あの晩、お竜なら、紅月の旦那を逃がすことができた。もっと、早くにそのことに気づくべきだった」

仁吉の顔は血の気が失せ、三白眼が酷薄な光を帯びた。背筋がぞっとするように薄気味が悪い。だが、これで屈するわけにはいかない。

「とにかく、知らないものは知らないんだ」

助次は語気を強めた。

「野郎、舐めやがって」

仁吉は助次の脇腹を蹴った。助次は低くうめきながら畳に突っ伏した。

「おめえが口を割らねえのなら、お竜に聞いてみるまでだ」

「お竜さんには手を出すな」

「ふん、やっぱり仲間じゃねえか」

「仲間じゃねえが、女に手を出すのはよくねえ」

「なら、おめえが話すか」

「だから、おれは知らねえ」

「わかったよ。おめえと話すよりはお竜に聞くことにする。おめえ、これから、紅月の旦那の隠れ家に行ってお竜を預かっているって言ってこい」

「おめえ、お竜さんに何をする気だ」

助次は口を曲げた。仁吉はそれには答えず、

「明日の昼四つ(午前十時)、根津権現《ねづごんげん》の裏の閻魔《えんま》堂で待っているって、言ってやりな。来なかったら、お竜の観音さまに火箸を立ててやるってな」

仁吉はうれしそうに舌なめずりをした。

「汚ねえ」

「どう思おうが、おめえの勝手だ。さあ、出て行きな」

仁吉は助次の襟をつかみ、部屋を出るとそのまま土間に引きずり、

「とっとと失せろ」

大きな声と共に文字通りたたき出された。

「け、覚えてやがれ」

毒づくのがやっとである。最悪の事態になったものだ。

「旦那、裏目に出てしまったぜ」

助次は恨めしげに中間部屋を振り返った。

三

お竜は仁吉に呼び止められた。

「ちょいと、来てくんな」

別段疑うこともなく小座敷に向かった。小座敷に入るなり上坂の凄い形相があった。お竜は舌打ちをした。上坂は憎々しげな顔で、

「よくも、騙《だま》してくれたな」

すぐにでも斬り捨てかねない上坂を宥《なだ》めるように仁吉が制すると、

「お竜姉さん、もうばれたんだ。はっきりと答えてくれ。あんたと紅月の旦那はぐるなんだろ」

「ふん、だったら、どうしようってんだい」

お竜は覚悟を決めたとばかりに腰を下ろした。

「さすがは、お竜姉さんだ。往生際がいいぜ。なら、覚悟ができたところで聞くが、

紅月の旦那はどこにいるんだ」

「さあね」

お竜は横を向いた。

「ま、それは、いいや」

どうせ善次郎をおびき寄せるのだ。仁吉はこれ以上は追求せず、

「一体、なんだって、上坂さまを騙したんだ」

お竜は視線を上坂に投げたが、すぐに仁吉に戻し、

「そりゃ、このお侍が鴨《かも》になると見たからさ」

むっとした上坂を仁吉は宥《なだ》め、

「じゃあ、上坂さまから金をせしめようとしたんだな」

「そうさ」

「それは、ちとおかしいな」

仁吉は顎を掻いた。

お竜の眉間に影が差した。それを見逃す仁吉ではない。

「金をかすめるにしちゃあ、おかしなやり方だって言っているんだ。紅月の旦那は上野の蕎麦屋で上坂さまを引っ掛け、賭場に連れ込んだ。そこで、助次の張る通りに駒

を張らせた。で、負け越した。負け分を紅月の旦那が埋め合わせた。その借財を払えと証文を取った。こんなことをして何になるんだ。助次も上坂さまと同じくらい負けているんだぞ。ちっとも儲けにならないじゃないか」

「そんなことわたしに言われても知らないさ。わたしは、ただ、蕎麦屋にやって来て話の調子を合わせてくれればそれでいいと言われただけなんだからね」

お竜は涼しい顔だ。

「どいつもこいつも惚《とぼ》けやがって」

「どうしようっていうのさ」

お竜は毅然と仁吉を睨んだ。

「おれたちに付き合ってもらうぜ」

仁吉が言った時、中間部屋の戸が慌しく開いた。すぐに、

「仁吉はおるか」

内藤の声がした。出かけてから半時ほどしか経っていない。それと、内藤らしからぬ落ち着きを失った声からしてただ事でないことがわかる。仁吉は小座敷を飛び出した。内藤は蒼ざめていた。仁吉が駆け寄ると、

「上坂殿は来ておられるか」

と、険しい眼差しを向けてきた。

「今、小座敷におられます」

「そうか」

内藤は言うや腰の大刀を鞘ごと抜き、急ぎ足で小座敷に向かった。

「内藤さま、今、取り込み中ですから……」

仁吉は止めたが内藤は襖を開け、飛び込むようにして小座敷に入った。仁吉も追いかけ中に入る。内藤はお竜を見て口ごもっていた。仁吉は子分を呼び、お竜を連れ出した。

内藤はお竜がいなくなってから、

「上坂殿、一体、どういうことでござる」

上坂はぽかんとして、

「拙者がいかがしたのでござろうか」

そのあまりに要領を得ない態度に内藤は不審な顔で、

「上坂殿の知らせを受け取り、わが殿ともども上野元黒門町の吉林へ行って来たのでござる。石翁さまにお目通りを願ったところ、中々会ってくださらなかったがやっとのことでお会いできた。そこで、手土産を献上したところ、いたく、ご立腹された。

ご隠居さまはお美代のお方さまとの水入らずの宴を邪魔する無粋《ぶすい》な男め、といたくご立腹だった」

「それは、まずいことをなさったものよ」

　上坂は顔をしかめた。

「なんですと……」

　内藤は湯気を立てんばかりの物言いだ。上坂は驚き、

「どうしてそのような無粋なことをなさったのだ」

「これは異なことを申される。わたしどもはご貴殿の文により、ご隠居さまをお尋ねしたのですぞ」

「はあ……」

　上坂は視線を彷徨《さまよ》わせた。

「はあ、ではござらん。これでござる」

　内藤は懐から上坂の偽の文を差し出した。上坂は突きつけられるままに受け取り、ぼんやりとした顔で文を読んだ。五月一日の昼下がりに上野元黒門町の料理屋吉林にてご隠居さま、お美代のお方さま、団欒《だんらん》のひと時を過ごされる。付いては貴殿が参上され、素晴らしき贈り物をされれば、ご隠居さまもお美代のお方さまもさぞやお喜び

になられるだろう。山村さまの長崎奉行任官、間違いなしと思われる。

「これは、一体」

上坂は目が点になり、やがて喚《わめ》きたてた。

「騙《かた》りだ。騙りでござる」

「しかし、この筆使い、間違いなく上坂殿の手によります。花押がそのことを物語っておりますぞ」

内藤は最早、哀願口調である。

「知らぬ。拙者は知らん」

上坂は大きくかぶりを振った。

「そんな」

内藤の顔には怒りに困惑が入り混じった。

「これだったんですよ。これが、紅月の旦那が上坂さまを狙ったわけだ。これは、紅月の旦那の仕業に違いありませんや」

仁吉は叫び、さらに内藤と上坂の視線を集めながら、

「紅月の野郎、上坂さまを騙したのはこれが目的だったんだ」

と、声を振り絞った。それから、上坂の方を向いて、

「紅月は上坂さまに証文を書かせることで、筆使いを盗み取ったのですよ」

上坂は袴を握り締めた。内藤は拳を震わせ、

「おのれ、はかられた」

「御免」

上坂は腰を上げようとした。

「待ってくだされ」

内藤は藁《わら》をもすがるような目で制した。

「わしは屋敷に戻る」

「どうか、ご隠居さまに事情を説明していただきたい」

「それは……」

上坂は躊躇《ためら》う風である。

「できれば、一緒にご隠居さまの前で申し開きをしていただけまいか」

「それは、無理ですな」

上坂は冷たく言い放った。

「そんな……」

「できませぬ」

上坂にすれば、その事情を明らかにするということは、自分が博打にのめり込んでいることを明らかにすることになる。それでは、自分の地位も危ないだろう。そんなことまでして、山村に肩入れすることはできない。

「そこをなんとか」

内藤は必死である。

「事、ここに至っては下手に動かぬがよろしい。ご隠居さまは一旦、お怒りになったら容易にはお許しになられません」

上坂は乾いた物言いになっていた。

「では、どうすればいいのですか」

「時を置くことです」

「しかし、長崎奉行の選任は間近でございましょう」

「やむを得ませんな。貴殿らが焦っていらぬことをしたのですから」

上坂は突き放したような言い方になった。内藤はがっくりとうなだれた。仁吉が、

「内藤さま、紅月を捕らえてきますよ。紅月を石翁さまに突き出してやり、紅月の企てだと明らかにしてやるんです」

「それでも手土産がいるな。もう五百両用意しよう」

内藤は自分を励ますようにつぶやいた。

「今はそれしか打開策はござらんな。もう、五百両を上積みできれば、望みが繋がるかもしれませぬ」

上坂は淡い期待を投げかけそそくさと立ち去った。その背中を恨めしげに見ながら、

「仁吉、しっかりやれ。わしは、これから、上総屋に行ってくる。莫大な借財だからな。なんとかせねば」

内藤は立ち上がった。


助次は仁吉の手下につけられないよう気をつけながら幸集寺に辿り着いた。息も絶え絶えに善次郎のいる庫裏の座敷に入った。その顔を見るなり、善次郎は悪い事が起きたことを予感した。

「それが、とんだことになっちまって」

助次は山村屋敷での出来事を語り始めた。

「で、お竜さんが捕まっちまって」

助次は伏し目がちに明日の昼四つ、根津権現裏の閻魔堂で仁吉が待ち受けているこ

しまった。

衝撃を禁じ得ない。この瞬間、思考が麻痺《まひ》した。山村や大五郎への復讐心も飛んでしまった。

お竜の身に何かあったら……。

せっかく、親しく言葉を交わせるようになった矢先だ。お竜を失っては、たとえ山村や大五郎へ仕返しができたとしても胸に大きな風穴が開くだろう。いや、傷ついた身体に鞭打ち、起死回生の企てを考え実施できたのもお竜に認めてもらいたいがため、という気持ちが半分は占める。お竜が山村に手籠めにされたことを知り、それがどれほど自分を刺激したか。

それなのにお竜が仁吉の手に落ちてしまったとは。

焼け火箸の感触が甦った。悲鳴を上げそうになり、唇を噛み締めた。仁吉の薄ら笑いが瞼に映る。あの三白眼に宿るぞっとするような冷たい光、拷問をする時のなんとも楽しげな表情。仁吉はたとえ女であろうと容赦はしないだろう。それどころか、拷問好きの本性を現し、あらん限りにお竜をいたぶるのではないか。

そう思っただけで身が引き裂かれそうだ。

捨ててはおけない。が、ここは自棄《やけ》になってはいけない。仁吉の狙いは善次郎なのだ。お竜を餌に善次郎をおびき出そうとしている。頭に血が上ったまま乗り込んでは仁吉の思う壺だ。

善次郎は大きく息を吸い、そして吐いた。

「よおし」

善次郎は着物を脱いだ。上半身に巻かれた晒《さらし》を取り去る。赤銅色の胸板が行灯の灯りにぼんやりと浮かんだ。拷問の痕が青痣やミミズ腫れとなって残っている。助次は目をそらし、

「相手は旦那を多勢で待ち構えていますぜ」

「それがどうした」

そんなことはわかり切っている。わかった上で殴りこもうというのだ。頭は冷静に行いは大胆に、だ。善次郎は決意を示すように両の頬を打った。

四

内藤は上総屋にやって来た。母屋の客間に通され、玄助と大五郎が応対をした。玄助はおどおどとしていたが大五郎は満面の笑みで、

と、聞いてきた。内藤が山村清之助の長崎奉行就任を報せてきたのだと思っているようだ。内藤は渋面を作り、

「決まりましたか」

「それが、どうもな」

大五郎の顔が険しくなった。

「いかがされたのですか」

「ちょっとしたいざこざで、ご隠居さまの不興を買ってしまった」

「中野石翁さまのご不興を」

大五郎は説明を求めるような目をした。

「経緯はさて置き、早急に挽回せねばならん。そこで、じゃ」

内藤は身を乗り出す。大五郎も玄助も身構えた。

「奪回すべく、あと五百両を用立てることにした。頼む、あと五百両を出してくれ」

内藤は努めて自分を抑えた。大五郎は玄助を見た。主たる玄助の意思を尊んだのだろう。玄助は伏し目がちに、

「五百両もの金、急には……」

「それは承知の上で申しておるのだ」

「はあ、ですが」

「火急を要するのだ」

「それは、わかりますが」

「ならば、頼む」

「わたしの一存では……」

玄助は困った顔をするばかりだ。内藤は焦れたように大五郎に向いた。

「大五郎、どうなのじゃ」

「旦那さま、お内儀さまに相談されては」

玄助は力なくうなずいた。

「なんだ、女房の顔色を見なければ商いができないのか」

内藤の言葉は玄助の胸を射たのか眉間に皺が刻まれた。しかし、それもほんのわずかな時のことですぐに表情を消し、

「では、少々お待ちを」

と、腰を上げた。内藤は心もとなくなったのか、

「大五郎」

と、付き従うことを要求した。大五郎は無言でついて行った。

別室で玄助、大五郎とお菊は面談した。お菊には大五郎から内藤の要求が説明された。お菊は顔を歪め、

「もう、五百両だって」

「そうなんだ」

玄助はおずおずと答える。

「どうすんの」

お菊は玄助ではなく大五郎に問うた。

「山村さまに長崎奉行になっていただかないことには、先日お貸しした千五百両が焦げつくことになります」

お菊の顔はたちまちにして曇った。

「でも、五百両貸したら長崎奉行になれるのかね」

「なれると信じる、いや、賭けるしかございませんな」

大五郎は落ち着いている。

「山村さまが長崎奉行になれなかったら、今回の五百両と合わせて二千両が焦げ付くんじゃないの」

お菊は顔をしかめる。

「ですがね、ここは」

大五郎は説得にかかろうとした。お菊は迷う風だ。

「それは、止めたほうがいいんじゃないかな」

玄助は遠慮がちだがはっきりと意見を口に出した。お菊は勘に障ったのか不愉快そうに顔を歪め、

「あんたは、黙っていなさい」

いかにも邪険な物言いをした。

「でも、わたしは上総屋の主なんだ。主が商いのことに口を出していけないなんてことはないだろう」

お菊は驚いたような顔をしてから玄助を見据え、

「へえ、偉そうに言ってくれるじゃないか」

玄助はしばらくお菊の視線を受け止めていたが、力なく顔を横に向けた。お菊はけたけたと笑った。

「どうしたんだい」

からかうような口調である。

「わたしは、反対だ」

玄助は蚊の鳴くような声になった。

「お黙りなさいな、あんたはお衣の所へでも行っていればいいの」

玄助はうつむいた。お菊は玄助をなじったことで気が晴れたのかさばさばとした様子で、

「まあ、仕方ない。こうなったら、山村さまに意地でも長崎奉行になっていただくしかないね」

「ならば、早速、五百両を用立てます」

大五郎が腰を上げようとした。

「ちょっと、勿体をつけておやり」

お菊は大五郎を制した。

「では、明日お屋敷に届けるようにしますか」

「そうだね」

「ですが、わたしは明日はお得意回りがございます」

「じゃあ、あんた、届けなさい」

お菊が玄助に命じる。

「本当に貸し出していいのかい」

玄助は最後の抵抗を示した。お菊は語調鋭く、

「もう決めたの。あんたは、黙って届ければいいんだ。お衣の所に行く暇があったら山村さまのお屋敷に行きなさい。お使いくらいならできるだろ」

お菊の傲慢《ごうまん》さに玄助は耐えかねたようにうなずいた。最早、言い返す気力も失せているようだ。黙って部屋を出た。顔をしかめて見ていたお菊は大五郎に、

「近頃、生意気になったようだ。もう少し思い知らせてやるか。そうだ、お衣を」

「でも、この前とっちめたばかりですよ」

「もっと、やってやるんだ」

お菊は不機嫌になり声の調子が上ずっている。玄助への怒りをお衣にぶつけているようだ。大五郎は部屋を出て客間に戻った。既に、玄助が内藤と向かい合っていた。玄助は黙り込んでいる。内藤は腕組みをして苦渋の表情を浮かべていた。大五郎が部屋に入ると、期待の籠もった目を向けてきた。

「いかがなった」

「はい、手前どもと致しましても、山村さまに是非とも長崎奉行に成っていただかなくてはなりません」

「では、五百両、用立ててくれるか」

「はい。但し、今すぐというわけにはまいりません」

「と言うと」

内藤の目が不安に濁った。大五郎は満面を笑みにして、

「明日でございます。明日の朝に主玄助がお屋敷にお届けに上がります」

と、玄助に向いた。玄助はうなずき、

「確かにお届けに上がります」

と、両手をついた。

「かたじけない」

内藤は安堵のため息を漏らすと腰を上げた。

内藤がいなくなったのを見届けてから、

「本当に大丈夫か」

玄助は大五郎に問いかけた。大五郎は冷静な口調で、

「さあ、こうなっては引くに引けないでしょう。上総屋は山村さまと一蓮托生でございますよ」

「そんな……。万が一、山村さまが長崎奉行になることができなかったらどうなる」

「これで山村さまへの貸付は二千両となります。上総屋とて無事にすまぬことは旦那

さまであれば、おわかりのはず」

「つ、潰れるのではないか」

「それは、わかりません。上総屋が潰れるかどうかは、旦那さまやお内儀さんの責任。わたしは、対談方としてお内儀さんの言いつけ通りを行うまででございます」

大五郎は冷たく言い放った。

玄助はうなだれた。

「わたしは、一介の対談方に過ぎませぬ。お店の運営に口出しはできません」

玄助ははっと顔を上げた。

「おまえ、今回のこと、あの蔵宿師憎さからことを進めたのではないか」

大五郎は大きな顔を満面に笑みにし、

「いいえ、決してそのようなことはございません。上総屋のために、お内儀さんや旦那さまのために害となる蔵宿師を追い払ったまでです。ただ、紅月善次郎には煮え湯を飲まされた思いはございます。あの男、卑劣な手を用いてわたしの鼻を明かしました。そのことは、深い恨みとなりました」

「いや、おまえは紅月善次郎に仕返しがしたかったのだ。上総屋の看板を使ってな」

玄助は珍しく激高した。大五郎はそれをやり過ごすように涼しい顔で、

「わたしのことよりも上総屋の今後をお考えになったらどうですか。万が一、二千両が焦げ付き、上総屋が傾いたとしたら……。わたしは、一介の対談方。奉公先を失うことにはなりましょうが、幸いにもこの腕を買ってくださる札差はございます。ですが、旦那さまの場合は……」

玄助は薄ら笑いを浮かべた。

「おまえという男は……」

玄助は言葉に力が入らない。もう上総屋もお仕舞いか。そんな考えが脳裏を過《よ》ぎった。

「では、これで」

大五郎は言ってからふと思いついたように、

「お衣のこと、用心なされ」

「まさか、お衣に危害を加えるのか」

大五郎は思わせぶりな笑みを投げかけ出て行った。

第八章　落　着

一

明くる五月二日の昼四つ（午前十時）、善次郎と助次は根津権現の裏手にある閻魔堂にやって来た。

今日も快晴だ。真っ白な雲がゆっくりと日輪を撫でるように流れて行く。不如帰《ほととぎす》の鳴き声が周囲を彩《いろど》っていた。所々に穴が開いた板塀から中を窺う。風にそよぐ草むらに閻魔堂がぽつんと建っている。閻魔堂の板壁は塀同様に穴が開き、濡れ縁は朽《く》ちていた。

その縁側を仁吉の子分たちが固めている。善次郎は派手な仲蔵小紋の小袖を着流し、高下駄といった蔵宿師として掛合いをする格好だ。腰には朱塗りの鞘に収めた三尺近い長寸の大刀を帯びている。助次を表で待たせ、草むらをかき分けながら境内を横切った。子分たちがざわめいた。総勢十人程だ。そのうちの一人が観音扉から閻魔堂の中に身を入れた。すぐに、扉が開き、仁吉が姿を現した。

「よく来たな」

仁吉は階《きざはし》に立った。腐れ果てた階は気味の悪い音がした。善次郎は両足を踏ん張って仁吉を見上げ、

「お竜を返してもらおうか」

仁吉は善次郎の問いかけには答えず、

「旦那、よくもくだらない絵を描いてくれたもんだな」

善次郎は肩を揺すり哄笑《こうしょう》を放った。

「下らない絵とは思わんがな」

「おかげで、内藤さまは大慌てだ」

「金で長崎奉行職を買おうなんてほうが間違っているのさ」

「それに加担したのは誰だったかな」

仁吉は唾を吐いた。

「お竜をどうした。まさか、おれみたいに焼け火箸で身体を焼いていないだろうな」

仁吉は肩をそびやかし、

「自分の目で確かめな」

くるりと背中を向け、扉の中に入って行った。善次郎は階に右足を掛けた。真っ赤な鼻緒がやけに目立った。子分たちが善次郎を取り囲み、ぎらぎらとした目を向けてくる。善次郎は高下駄を鳴らし悠然と歩を進め、中に入った。漆喰の塗り壁は剝げ落ち、閻魔大王の木像も虫食いの穴が目立っている。梁《はり》から荒縄がぶら下げられ、そこにお竜が括《くく》られていた。口に猿轡《さるぐつわ》が嚙まされている。目は爛々《らんらん》と輝き、その目を見ると安堵の気持ちが湧いてきた。

「さあ、お竜は返してやる」

仁吉はお竜の身体を揺さぶった。

「馬鹿に物分りがいいじゃないか」

もちろん、仁吉が言葉通りのことをするとは思えない。

「なら、縄を解いてもらおうか」

「かまわんが、その前に一つおれの頼みを聞いてもらう」

「簡単なことならな」

「簡単だよ。おれと一緒に山村さまのお屋敷に来てくれ」

「博打でもやるのか」

「いや、内藤さまが向島のご隠居さまにあんたを突き出す」

「なんのためだ」

「あんたは上坂さまを籠絡《ろうらく》し、博打の道に引きずり込んだ。上坂さまの筆使いを盗み取るためだ。それで、偽の文をでっち上げ、山村のお殿さまに恥をかかせたんだ」

「そういうことか。おれが描いた絵を描き変えようというのだな。でもな、後半はその通りだが、前半は間違っているぞ。上坂は、おれが籠絡して博打にはまり込んだんじゃなくて、自分から博打に狂っていたんだ」

仁吉はねっとりとからみつくような目で、

「上坂さまにしたら、おれが言った話の方が都合がよい。そのことが本当のことかどうかなどどうでもいいことだ。あんたが、罪を負う」

「ずいぶんと勝手なことを抜け抜けと言うものだな。面の皮の厚いおまえだけのことはあるぞ、と、一応は褒めてやる」

善次郎は胸を反らし、再び豪快に笑った。

「話はこれくらいにしておく。どうだ、一緒に来てくれるな」

仁吉は表情を消した。

「行きたくないな」

善次郎はからかうように片目を瞑って見せた。

「これだけ言葉を尽くしてもか」

「ああ、行きたくはない」

「なら、しょうがねえ」

仁吉の表情が生き生きと輝いた。本性が剝き出しになった。拷問を受けた時の記憶が甦り、背筋に冷たいものが走る。子分が火箸と火桶をもって来た。

「お竜、恨むのなら紅月の旦那を恨みな」

お竜の目に恐怖の色が走った。仁吉は楽しむように、

「観音の彫り物が焼け火箸で汚されるのはしのびねえが、それも、乙なものかもしれねえぜ」

仁吉はお竜の縄を解いて床に横たえ、次いで小袖を剝ぎ取った。艶かしい長襦袢《ながじゅばん》姿になったお竜はきつい目を仁吉に向ける。

「いくぜ」

仁吉は長襦袢の上半身を脱がした。お竜が身をよじると背中の観音菩薩が妖しく蠢《うごめ》いた。

と、その時、

「そらよ」

観音扉から助次の声が聞こえた。開け放たれた扉から水が飛んできた。助次が濡れ縁に立ち、桶の水をかけている。脇に水桶がいくつも並べられ、次々に浴びせかけてきた。水は放物線を描き仁吉にぶち当たった。一瞬にして仁吉はびしょ濡れになった。火箸から白い煙を立ち昇る。善次郎は朱色の鞘から大刀を抜き放ち、お竜の傍に群がる子分たちを蹴散らした。

お竜の縄を切り、

「逃げろ」

と、板敷きに落ちていた小袖を拾い上げ、押し付けた。お竜は長襦袢の襟を戻し、小袖を抱えながら観音扉に向かって走り出した。

「やりやがったな」

仁吉はわめいた。水浸しとなった火箸を腰だめにして善次郎に向かって来る。

「やめろ」

善次郎は仁吉の腹を蹴飛ばした。仁吉は吹き飛び閻魔大王の仏像にぶつかった。次の瞬間には、仏像もろとも大きな音を立てながら倒れた。子分たちが、「野郎」とわめきながら善次郎目掛けて匕首を向けてくる。

「おまえら、やるのか」

善次郎は鷲鼻を指で掻くと、三尺近い大刀を肩に担いだ。大刀は雲間から差し込んできた強い日差しを受け、眩《まばゆ》いばかりの輝きを放った。

長寸の刀を肩に担いだ大男の威勢に子分たちは気圧され、中には後じさりする者もいたが、向こう見ずな連中はいるもので、二人の男が匕首片手に突っ込んで来た。

善次郎の動きは速かった。

右足を前に突き出した。高下駄が飛び、男の顔面を直撃した。男は匕首を落としうずくまった。左の下駄は脱ぎ捨て大刀を横に払った。もう一人の男が匕首を持った右の腕ごと切り飛ばされた。

血潮が飛び散り、善次郎の顔面に降りかかった。鮮血に染まり、憤怒《ふんぬ》の形相となった善次郎はさながら仁王のようだ。

子分たちは逃げ惑った。善次郎は追いかけて容赦なく蹴飛ばしたり、ぶん殴ったり、大刀で峰打ちにしたりした。立っている子分はいなかった。みな、板敷きで身をよじりながらうめき声を漏らしている有様だ。大刀を鞘に収め、子分たちの身体を踏みながら閻魔大王の木像に向かった。仁吉の苦しげな声がした。

「生きてるか」

仁吉は白目を剝き、虫の息である。腰から下を仏像が被さり、もがいているが身動きすらできないでいた。

「まだ、くたばっちゃいねえぜ。さあ、止《とど》めを刺すなら刺しな」

仁吉は瞼をしばたかせた。三白眼に光は失われ、苦悶に顔を歪ませながらも、精一杯強がるように笑みを浮かべる。だが、それも頰が引き攣ったようにしか見えなかった。

「おまえには、命まで奪う恨みはない」

本心だった。あれほどの拷問を受けながら、仁吉という男にそれほどの憎しみを抱いてはいない。仁吉が自分の意思で善次郎を拷問にかけたのでも、さらおうとしたのでもない、ということもあるが、賭場で接する仁吉の人当たりの良さが心地良く胸に刻まれている。

「助次、来い」

助次を手招きし、二人で閻魔大王の仏像を動かし始めた。腰を落とし、ゆっくりと仏像を動かす。隙間ができ、仁吉は尺取虫のように身体を伸ばしたり縮めたりしながら這い出した。意外と元気そうだ。

「すまねえ、借りができたな」

「おれのほうでは貸しとは思わんが、おまえがそう思うのは勝手だ」

仁吉は右足を引きずっていた。

「もう、山村さまのお屋敷じゃ賭場は開けねえな。こんなどじを踏んだら、お仕舞いだ」

「賭場が開けないどころではない。山村はじきに追い詰められるさ。早いところ、逃げ出したほうがいいぞ」

「旦那の企て、うまくいきそうなのかい」

「蔵宿師紅月善次郎に抜かりはないさ」

善次郎は哄笑を放った。

一暴れした後とあって、爽快な気分に包まれた。閻魔堂の中は陽光で満ち溢れていた。

外に出るとお竜が立っていた。着物はきちんと着ているが鬢《びん》の辺りがほつれている。背に日輪を受け立ち尽くすその姿は、後光が差しているようだ。立ち回りでたぎった心のおもむくまま善次郎はお竜を抱き寄せた。お竜は善次郎の胸の中にすっぽりと包まれた。漆黒の髪が風にそよぎ鼻先をくすぐる。しばらくお竜のやわ肌と甘い香

りを楽しむとさらなる衝動に駆られた。唇を奪いたくなり顔を上げさせた。しかし、お竜は善次郎をいなすように、

「またね」

と、乾いた声を発し、くるりと背を向けた。善次郎は甘酸っぱい気持ちを抱きながらお竜が見えなくなるまで草むらでたたずんだ。

二

幸集寺に戻ると吉報が待っていた。玄助が会いたいと文を送ってきたのだ。賭けが吉と出たのだ。胸を踊らせ幸集寺を飛び出した。

やはり玄助は誘いに乗ってきた。

玄助が指定したのは以前、玄助を脅した稲荷だった。昼九つ半（午後一時）、地味な木綿の袷に風呂敷包みを背負い樫の木陰でたたずんでいたが、善次郎の姿を見ると、そわそわとし、気の弱さを現した。

「山村の殿さま、とんだことになったもんだな。向島のご隠居の不興を買ったらしいじゃないか。長崎奉行も危ないな」

善次郎は素知らぬ顔で問いかけた。

「紅月さまが企てたことでございましょう」

玄助は非難めいた言葉は口に出さなかった。表情を落ち着かせ、どこか、達観めいていた様子である。

「いかにもおれが絵を描いた」

善次郎も今更否定するつもりはない。

「よく、わたしの呼び出しに応じてくださいましたね。大五郎や山村さまの手の者が待ち構えているとはお考えにならなかったのでございますか」

「考えなかったさ。おれはおまえを仲間だと思っているからな」

「わたしが、で、ございますか」

玄助は薄く笑った。

「そうさ、おまえは、良い思いはしていないだろう」

「何がでございます」

「女房のお菊や大五郎に店を切り回され、面白くないはずだと、聞いているんだ。それに、お衣のこともな」

「そんなことは、紅月さまとは関係のないことでございます」

玄助は顔をそむけた。

「しかし、おまえ、おれを呼んだじゃないか」

「わたしは、どうしてもお菊や大五郎を許すことができないのでございます。そのことを紅月さまにお伝えしようと思ったのです」

玄助は言葉を振り絞った。

善次郎は声を潜めた。面白くなりそうだ。

「わたしは、懸命にお店に尽くしてまいりました。先代の旦那さまには大変な恩を感じております。ですから、わたしは、わたしなりに懸命に上総屋の暖簾を守ろうと努めてまいったのです。そのわたしに対して、お菊の態度はどうなのでしょう。大五郎などという男を使って、好き放題に店の金を使い、芝居だ、茶屋だ、着物だ、小間物だと、上総屋の財産を使い尽くしております」

玄助はよほど悔しいのだろう。目に涙を滲ませた。

「おまえの気持ちはわかる」

善次郎は慰めるような口ぶりをした。玄助は、背負っている風呂敷を下ろし、広げた。小判の紙包みと幾冊かの帳面が現れた。

「わたしは、これから、御奉行所に行きます。ここには、上総屋が行ってきた、不当な利子による貸付の様が記されております。わたしは、御奉行所で証言するつもりです。上総屋の悪事を。そして、山村さまの不正も糾《ただ》します」

玄助は訴えた。善次郎は冷静な口ぶりで、

「そんなことをしたら、上総屋は闕所《けっしょ》になるぞ」

「はい。上総屋を闕所にしてやります」

玄助の声音にこれまでにない力強さが感じられた。

「本気か」

「本気でございます」

玄助は首を縦に振った。強い意志を滲ませている。

「この五百両は山村さまにお届けすることになっておる五百両です。わたしは、これをお衣に渡してやります。わたしは上総屋の主として所払いとなるでしょう。その時、できれば、どこか遠い山里でお衣と一緒にやり直したいのです」

「そういう腹づもりか」

「店を裏切ることになるでしょう。しかし、そうしないではいられない」

玄助は拳を握り締めた
「わかったよ。おまえの気持ちはよくわかった」

「ならば、これからお衣の所まで一緒に行っていただけませんか」

善次郎が返事をしないでいると、

「怖いのでございます」

玄助は昨晩、大五郎にお衣に危害をかけると脅されたことを話した。

「ですから、ひょっとして、大五郎がお衣の家にいるかもしれないのです」

「おまえが、そこまで心を固めたのなら、おれも一肌脱ぐ。おれも、おまえをそそのかしたという後ろめたさを感じてはいるからな」

「ありがとうございます」

玄助は風呂敷を背負った。

稲荷を出た所で助次も加わった。


三人はお衣の家の近くにやって来た。すると、

「紅月さま」

玄助に袖を引かれた。

「どうした」

と、善次郎が問いかけたところで、お衣の家の裏庭から大五郎が飛び出して来た。

その顔はいつになく緊張を帯びている。

「どうしたんだ、あいつ」

助次がいぶかしむと、

「なにかよからぬことが起きたのではないでしょうか」

玄助はおどおどし始めた。

「一緒に行ってやる」

善次郎は玄助の心配を払い除けるようにしてお衣の家の裏木戸を潜った。玄助と助次もついて来る。狭い裏庭を横切り、母屋の裏戸に至った。

「お衣」

玄助は奥に向かって呼ばわった。返事はない。もう一度、

「お衣、わたしだ」

玄助は声を放つ。だが、返事はない。玄助は善次郎を振り返った。その顔は恐怖に彩られている。

「行くんだ」

善次郎が促しようやく玄助の足が動いた。玄助は廊下を進み、襖を開けた。

「お衣」

甲走った声が玄助の口から溢れた。善次郎も部屋に入ると、玄助はお衣を抱き上げている。その背中が激しく揺れていた。

「お衣、しっかりしなさい」

玄助はお衣を揺さぶった。玄助の肩越しに見えるお衣は今日も掃除をしようとしていたのだろう、手拭いを姉さんかぶりにしている。ところが、顔は真っ青だ。両目はかっと見開かれ、その目に光はなく死んだ魚のようにとろんと濁っていた。

死んでいる。

間違いない。お衣は死んでいた。喉には荒縄の跡がくっきりと残っている。助次は悲鳴を上げ、畳に座り込んだ。

「玄助」

声をかけたが、玄助は振り返らない。しばらく玄助のしたいようにさせた。玄助はお衣を抱いたまま泣き続けた。ひとしきり泣き、お衣の身体を畳に寝かしつけたところで、

「玄助」

もう一度声をかけた。玄助はようやく振り返り、

「お衣が……。お衣が死んでしまいました」

と、涙を拭った。

「下手人は大五郎か」

ぽつりと言うと、

「許せない」

玄助は拳で畳を叩いた。

「あの野郎、おれが捕らえ奉行所に突き出してやる」

助次は立ち上がった。それを玄助が制し、

「それは、わたしがやります。わたしは、上総屋の不正と共にお衣殺しで大五郎を奉行所に訴えてやります」

「一人で大丈夫か」

「はい」

玄助は言いながら布団を敷き、お衣を横たえた。

「お衣、すまない」

玄助はお衣の両の瞼《まぶた》を閉じた。次いで、しみじみとした様子で、

「お衣。わたしが非力であるばかりに、こんな目に合わせてしまった。どうか、許しておくれ。でもね、このままにはしておかないよ。わたしは、おまえの仇を取る。絶

対に許さない。大五郎を、お菊を、そして上総屋もね」

「これから、奉行所へ行くのか」

「はい、行ってまいります」

「一人で行くのもいいが、万が一大五郎に見つかったら厄介だ」

善次郎は助次を見た。助次はうなずき、

「安岡の旦那に頼みますよ」

「そうだな。安岡に付き添ってもらったほうがいい。安岡というのは、こいつが岡っ引をやっていた時、手札を貰っていた南町の同心だ。心強いぞ」

善次郎に言われ、

「ご面倒をおかけします」

「なにが面倒なもんか」

善次郎はお衣に向かって合掌をした。助次も両手を合わせる。助次の頬にも涙が伝った。

「では、まいります」

玄助は腰を上げた。

玄助が安岡に付き添われ南町奉行所に出頭したのを見届け、善次郎は助次と茶店に入った。

「これで、大丈夫ですかね」

助次が聞いてきた。すっかり、しょげ返っている。お衣の死がよほど堪《こた》えたようだ。

「ああ、これで、上総屋もお仕舞いさ。玄助を軽んじていたのが命取りになるんだ。窮鼠《きゅうそ》猫を嚙む、だな」

善次郎の口調は淡々としたものだ。

「これで、めでたしですかね」

「まだ、油断はならないが、玄助のことだ。お衣のためにも上総屋を闕所《けっしょ》に追い込むよう奉行所に訴えるだろうさ。それに、結局、百両を手にできた」

別れ際、玄助は礼だと五十両を差し出した。一旦は遠慮したが、玄助の、「どうせ、お菊の金でございます」という哀願に折れる形で受け取った。

善次郎は玄助にもらった五十両を袂から取り出すと紙包みを取り、破った。

「けえ、いい色ですね」

助次は感に堪えないような声を出した。善次郎は二十五両を助次に渡した。

「すんません」

「あたり前のことだ」

「旦那はきっちりしていなさるね」

助次は笑みをこぼした。

「それは誉め言葉と取っておこうか。そうだ。子供たちに土産でも買ってやろう」

「そいつはいいいや。この辺りに近頃評判の人形焼きがうまいって店がありますぜ」

「持ちきれないほど、買ってやるさ」

「旦那、本当に子供が好きですね」

「子供たちの顔を見ていると心が和むんだ」

「旦那も子供をこさえたらどうです」

「相手がいないさ」

「そうですかね、そうだ、お竜姉さんなんかどうです」

「お竜か……」

観音菩薩を背負ったお竜の艶かしい肌が思い出された。山村への復讐を助力し、危ないところを助けてやったのだ。善次郎に思いを向けてくれてもおかしくはない。いや、危ない目に遭わせたのはこっちが仲間に引き込んだからだ。そう考えるとかえって恨みを買っているかもしれない。

どうも、お竜の心の内が読めない。読めないのはお竜に惚れているからだろう。落ち着いたら二人っきりでじっくり酒でも酌み交わすか。それで、お竜の気持ちを確かめる。

「どうですよ」

助次が問いを重ねる。

「お竜次第だけどな」

「お竜姉さんも満更でもないんじゃありませんか」

「なんで、そう思うんだ」

「なんとなくですよ」

「なんだ頼りねえな。ま、いいや、ともかく、玄助の奮闘を祈るとするか」

善次郎は空を見上げた。

霞がかった青空には真っ白な雲が横たわっていた。

その頃、山村屋敷の書院では内藤が目を血走らせていた。

「内藤、いかなることじゃ」

山村清之助の叱責が飛んだ。頼みの五百両が届かない。

「使いを出したところです」

内藤は上総屋に使いを出していた。しかし、梨のつぶてである。

「まだか」

「今しばらくお待ちくださりませ」

内藤は必死に宥《なだ》めた。

「来ぬではないか」

山村はすっかり取り乱していた。

「まったく、博徒どもも紅月とやらを捕縛するなどと申して、帰って来ぬ」

「はあ」

内藤は言葉もない。山村が何度めかの叱責を行おうとした時、廊下を足音が近づいて来た。

「やって来たようです」

内藤はほっと安堵の表情を浮かべた。山村も表情を緩めた。

内藤は部屋を出ると使いの侍が、上総屋の来訪を告げた。

「殿、会ってまいります」

内藤は御殿玄関脇の控えの間に急いだ。上総屋め、届けて来ないかと肝を冷やした。玄助の貧相な顔が瞼に浮かんだ。襖を開けると、

「遅かったではないか」

怒鳴りつけると、玄助ではなく大五郎が、

「申し訳ございません」

と、大きな身体を蛙のように這い蹲《つくば》らせていた。

「おまえか、まあ、よい、早く五百両を」

内藤が問いかけると、

「それが、主の玄助が持参するはずだったのでございますが」

「…………」

「主は奉行所に駆け込みました」

大五郎は顔を蒼ざめている。

「どういうことだ」

内藤は目がうつろになった。

「玄助、狂ったとしか思えません」

「そんな馬鹿な」

「わたしも、奉行所から呼ばれておりますので、これにて」

大五郎は腰を上げた。

「待て、それでどうなる」

内藤は大五郎の羽織の袖を摑んだ。大五郎はやんわりと振り解き、

「もう、駄目でございましょう」

冷ややかに言い放った。

三

夕暮れ近くになり、善次郎は幸集寺の庫裏で日念に、

「すっかり、世話になったな」

日念は静かに、

「なんの、もう、よろしいのですか」

「ああ、すっかり、元気になった」

内心で一件も落着するだろうと言い添える。

「これは、少ないが」

巾着から十両を取り出し置いた。日念は目に躊躇《ためら》いの色を浮かべたが、敢えてこの十両はどうやって手に入れたのだと聞くようなことはせず、黙って受け取った。

そこへ、助次が顔を見せた。

「おお」

右手を上げて答える。日念はそっと部屋を出て行った。助次は縁側から部屋に上がって来て、

「安岡の旦那に聞いたんですがね、南町奉行所は玄助の訴えをお取り上げになったそうですよ。近々にも上総屋に対する吟味が始まるそうです。これで、ちっとはお衣も浮かばれるってもんです」

助次は声を弾ませた。

善次郎は満足げにうなずく。

「上総屋は闕所です。それに、大五郎の奴もただじゃすまないでしょう。あの野郎、事もあろうに、お衣を手にかけたんですからね」

助次の表情はお衣のことを口に出しているうちに歪んだ。

「これで、あいつも仕舞いだ」

「できりゃあ、この手でなんとかしてやりたかったですよ」

助次は怒りに身を震わせた。助次の気持ちが静まるのを待ち、

「山村はどうなる」

「長崎奉行にはなれなかったですね」

長崎奉行には青山左兵衛助が就任したという。

「安岡の旦那の話じゃ、山村屋敷で賭場が開かれていることは公然の秘密だったそうです。ですが、近々、長崎奉行就任の下馬評が立っていたんで、町方も評定所も遠慮していたんだそうですがね」

「長崎奉行になれなかったから、もはや、遠慮なしか」

「そういうこってす。町方じゃ、仁吉と子分たちを捕縛に動いたそうですよ」

「遠からず山村の命運も尽きるな」

善次郎は大きく伸びをした。

「めでたし、というわけすかね」

助次が今一つ冴えない顔なのは、お衣のことが頭にあるからに違いない。

「玄助はどうなるんでしょうね」

「奉行所に出頭し、上総屋の不正を明るみに出してから、裁きを受けるだろうが、闕所となってからは江戸を出て行くことになるだろうな」

「お衣と一緒に出て行きかったでしょうにねえ」

助次はどこまでもお衣のことが頭を離れないようだ。

「上総屋と山村に仕返しはできたが、肝心のこれはなあ」

約束の残金五十両を内藤から取れなかったことを嘆いた。玄助が五十両をくれたのだから、それでいいのだが、内藤から取れなかったのが心残りである。騙され、罠に貶《おと》められ、蔵宿師としての体面にかけて山村と上総屋を追い詰める企てを行った。

そして、その努力が報われようとしている。だが、気分は晴れやかではない。当初に筋書きを書いた掛合いが狂ってしまった。蔵宿師としての未熟さを痛感させられた。助次の胸も曇っているようで冴えない表情となり、

「ちょっと、残念な気持ちがしますけどねえ」

「ちょっと、だけじゃないだろう」

善次郎の言葉をからかいと受け取ったのか、

「いや、今度ばっかりはあっしゃ、これで満足しますよ。旦那も大変な目に遭ってしまったんですからね」

「物分かりがよくなったじゃないか」

善次郎は声を上げて笑った。

「そんなら、区切りとして祝杯を挙げましょうか」

助次は気分新たな様子である。

「いいだろう」

「お竜さんも呼びますか」

「そうだな」

言ってからはたと気がついた。

「そう言えば、あいつ、どこに住んでいるんだろうな」

自分の迂闊さを呪いたくなった。これでは、気持ちを確かめるもなにもあったものではない。

「おや、旦那、ご存知ないんですか」

「いつも、山村屋敷の賭場で会っていたからな」

「じゃあ、これから、どうすれば会うことができるんです」

「そのうち、会えるさ。どっかの賭場でな。さあ、黒門町へ帰るぞ」

虫が良過ぎるのかもしれないが、どこかで会えそうな気がした。

二人は腰を上げた。

黒門町の長屋に帰って来た。先月の二十一日に家を出て以来十一日ぶりである。夕焼け空ではなく、暗雲が広がっている。今にも雨が降ってきそうだ。そろそろ梅雨入《つゆい》りであろうか。雨が降る前に帰って来られたのは幸いだった。

助次は五合徳利を二本手に提げ、路地を踊るような足取りで進んで行く。

「おい、そんなに急ぐと、溝板を踏み抜くぞ」

善次郎の助言もなんのその。助次は鼻歌すら口ずさんでいた。ところが、唐突にその鼻歌が止んだ。おや、と顔を向けると、助次の前に巨大な石のような男がいる。確かめるまでもなく、大五郎だった。

「しばらくだな、紅月善次郎」

大五郎は木綿の小袖着流し、腰に大刀を帯びていた。

「まあ、上がれと歓迎はできんな」

善次郎は薄笑いを送った。助次は後じさり、善次郎の傍らに立った。

「おれだって、おまえと酒を酌み交わそうとやって来たんじゃない」

「じゃあ、何しに来た。おれを殺しに来たのか」

内心でお衣同様にという言葉を言い足した。大五郎は当然だとばかりに顔色一つ変えずにうなずくと、

「そうだ。勝負しろ。今度は素手じゃない。刀だ」

大五郎は腰の刀を示した。

「いいだろう。上野北黒門町に無人寺がある」

「ああ、上野広小路の横丁を左に折れた突き当たりだな」

「そこで勝負だ」

「よし、どでかい男が二人並んで歩いて行くと目だってしょうがない。先に行っていてくれ」

「よかろう」

大五郎は大手を振って路地を歩いて行った。

「旦那」

助次が心配そうな顔を向けてくる。

「心配するな」

善次郎は大五郎と距離を置き、歩き出した。

首筋が冷んやりとした。墨を流したような雲から雨粒が落ちてきた。

四

荒れ野と化した無人寺の境内で二人は対峙した。

雨脚は早まり、雷鳴が轟いた。善次郎も大五郎もぐっしょり濡れそぼったが、それで対決が中止されるわけはなく、お互いの動きを無言で見定めている。

善次郎は雷鳴を払うような大声で、

「おまえ、どうしてお衣を殺した！」

大五郎は不気味に顔を歪ませ、

「お衣はおれが殺したんじゃない」

と、轟然と返した。

「ほう、おまえでも、命は惜しいのか」

「なんだと」

「だって、そうだろう。町方に捕まって打ち首になるのが怖いのだろう」

「馬鹿な」

「なにが馬鹿なだ」

「だから、言っただろう。おれはお衣を殺してなどいない」

「だが、おまえが殺してお衣の家から出て来たのを見たぞ」

「確かに、おれはお衣を折檻《せっかん》するようお上さんから言われた。でもな、行った時には既に殺されていたんだ」

「じゃあ、誰が殺したんだ」

「そんなことは知らん。それより、勝負だ」

大五郎は問答無用とばかりに大刀を抜き放った。そのまま正眼に構える。善次郎も勝負に神経を注いだ。でないと、命を落とす。

胸にわだかまったお衣の死はとりあえず、封印した。

善次郎は桐下駄を脱いだ。次いで、八双に構える。濡れた草むらに足を取られないよう腰を落とす。大五郎の構えに隙はない。剣術をきちんと学んだ者の立ち姿である。

やはり、こいつは武士だった。

そんな思いが脳裏を過ぎる。

何らかの理由で武士を辞め、相撲取りとなり、さらには札差の対談方となった。どんな半生を歩んで来たのか。

じっくりと話を聞く機会がなかったことをわずかに悔いた。

だが、そんな感傷に浸っている余裕はない。大五郎は研ぎ澄まされたような目で善次郎を見据え、やがて、すり足で走り寄って来た。雨水が弾ける。

「どうりゃあ！」

天地をつんざく怒号を発し、猛然とした突きが繰り出された。善次郎は横に飛び、攻撃をかわしたが、大五郎は素早く身体を反転させ、第二の攻撃に移った。動きは巨体に似ず、極めてしなやかである。

大刀は腕の一部であるかのような自在な動きを示す。

次々と攻撃が加えられた。

善次郎は受けに徹した。大雨が大男二人に降り込め、木々や草むらを暴風が揺らす。

稲光が二人を白く浮かび上がらせる。

二人は鍔《つば》競り合いを演じた。大五郎は憤怒の形相で刀に力を込めた。善次郎の額から雨水混じりの汗が滴《したた》る。目に汗が入ると危惧した瞬間に、大五郎が素早く身を引いた。

思わず、前のめりになった。大上段から大五郎は刃を振り下ろした。間一髪、受け止める。善次郎は前のめりの姿勢のまま前方に突っ走った。

大五郎が追いかけて来る。

振り向き様、腰を落とす。

大五郎は草むらに足を滑らせ身体の均衡を崩しながらも、再び大刀を大上段から振り下ろした。が、太刀筋は正確さを欠いた。善次郎は大五郎の動きを見切り、刃をかわし己が大刀を横に一閃させた。直後に、手応えを感じた。

大五郎の動きが止まった。背筋を伸ばし、仁王立ちのまま動かない。草むらに立つ一本の巨木のようだ。

「おい」

声をかけたが反応はない。雷光が大五郎の顔に走った。息絶えていた。

「こいつ、死んでも憎々しげだ」

大五郎はどす黒く顔を歪ませ、小さな目をかっと見開いていた。助次が歩いて来た。大五郎におそる、おそる近づく。木像と化した大五郎を見上げ、

「ほんとに、死んでいるんですか」

善次郎はうなずいた。

「まるで、弁慶ですね。立ち往生とはね」

助次は敵ながらあっぱれとばかりに両手を合わせた。

「旦那、さすがですね」

助次はさかんに褒め称えるが、勝利の満足感は起きない。

「これで、全て落着ですね。お衣の仇も討ってやったってわけだ」

雨に打たれた助次の顔は空模様とは正反対に晴れやかである。

「行くか」

善次郎の気分はすっきりとしない。大五郎が言った、自分はお衣を殺してないという言葉が胸に渦巻いている。

あの言葉、本当だろうか。

大五郎のことだ。嘘くらい平気でつく。しかし、今更、お衣殺しを否定したところで、大五郎に利はないのだ。

それに、嘘をついているようには見えなかった。

「とすると……」

つい、呟いてしまう。

「どうしました」

助次が声をかけてきた。

「おい、お衣の奴、殺された時にも掃除をしていたな」

「なんです、急に、……。そうでしたよ。上総屋の女中働きに比べたら極楽のようでしたけど、それにしても、妾になってまで女中のような仕事をさせるとは、いかにもけちな玄助らしいですよ」

――これは、ひょっとして――

善次郎の脳裏に摑み所のない玄助の顔がどす黒く膨らんでいた。

善次郎は助次を待つことなく大股に歩き出した。

善次郎の大きな背中が雨に煙った。


それから五日後の五月七日、上総屋は闕所となった。山村清之助は屋敷内で賭博を営んでいた罪を評定所で問責された。用人の内藤掃部が責任を取って自刃したが、山村の罪は許されず近々の内に御家改易となる、ともっぱらの評判である。長崎奉行への猟官運動による贈賄のことは表沙汰にされなかった。大奥や中野石翁への配慮であることは公然の秘密とされた。

上総屋闕所の日、玄助は旅立った。お菊は親戚を頼り、家を出た。二人は離縁をした。

時節は梅雨に入っていたが、この日は玄助の旅立ちを祝うかのような晴天である。霞が晴れ、透き通ったような青空が広がっている。南風には涼しさが感じられ、汗ばんだ肌には爽やかだ。まさに梅雨晴れの一日だった。

玄助は笠を被り、手甲、脚絆、道中合羽に振り分け行李《こうり》という旅仕度で蔵前通りを浅草寺に向かって歩いて行く。大願成就をしたためか、その顔は晴れやかで所作は浮き浮きとしていた。玄助は軽やかな足取りで雷門を潜ると仲見世にある茶店に入った。店の中を見回すと相好を崩した。視線の先に若い娘が縁台に座っている。中々に美しい顔立ちをした女だ。

「お玉」

玄助は弾んだ声で話しかけた。

「旦那さま」

お玉も満面の笑みで玄助を受け入れた。二人は横並びに座り茶を飲み始めた。と、そこへ、善次郎が入って来た。涼やかな空色の小袖を着流し、腰に差した大刀の朱色の鞘が目に鮮やかだ。

「おう、玄助、久しぶりだな」

善次郎は向かいの縁台にどっかと腰を下ろした。大股を開き、毛脛《けずね》をぽりぽりと掻

いた。玄助は泡を食ったようにどぎまぎとし、

「これは、紅月さま」

頰を引き攣らせたが、それは笑みを作ったつもりだったのかもしれない。お玉は目を伏せている。

「おまえと茶飲み話をするつもりはない。用件を言うぞ、おまえがお衣を殺したんだな」

善次郎は玄助を睨み据えた。玄助は目を泳がせていたが、

「な、なにをおっしゃるのです」

「おまえが、お衣を殺したと言ったのだ」

静かだがきっぱりと断言した。玄助はお玉に視線をやりながら、

「お玉と一緒にいるから、そのようにお疑いになられるのですか。お玉は身寄りのない娘なのです。上総屋が闕所になって、困っておりましたので、こうして相談に乗っているのです」

「違うな」

言うや、善次郎は大刀を一閃させた。振り分け行李が切り裂かれ、大量の小判があふれ出した。玄助は悲鳴を上げたが、すぐに縁台からこぼれた小判を拾い集める。そ

こへ、助次が安岡貫太郎と共にやって来た。

「おい、玄助、上総屋は闕所になったんだ。財産全てお上に差し出さなけりゃならねえんだぜ」

安岡は十手をちらつかせた。玄助は真っ青な顔になり、わなわなと震え出した。その時、それまで貝のように口を閉ざしていたお玉がけたけたと笑い出した。お玉は呆けたように笑ってから大きくため息を吐き、

「馬鹿みたい」

玄助に蔑《さげす》みの目を向けた。玄助はうなだれている。

「結局、お金なんて手に入らなかったじゃない。意地の悪いお上さんに我慢して仕え、あんたみたいな冴えない男に身を任せたのは、一体なんのためだったのよ。たくさんお金をくれて楽な暮らしをさせてくれるって話だったからじゃない。今に見てろ、上総屋から、お菊から、大金を掠《かす》め取ってやる、なんて、大法螺《おおぼら》吹いちゃってさ。それでいて、お上さんの目が怖くって、お衣を愛人に仕立ててさ。お上さんや大五郎さんの目をお衣に向けたんだ。お衣も憐れなもんさ。わずかなお小遣いでこんな男に囲われてる振りをさせられ、勿体ないからって女中仕事までやらされてさ。挙句に殺されちまったんだからね。その罪も大五郎さんにおっ被せてさ。姑息なんだ、こ

の人」

お玉は吹っ切れたのか堰《せき》を切って語った。

「おまえ、そんな、嘘を……」

「なにが嘘なもんか。もう、あんたなんかに用はないんだ。お金がなきゃ、ただの冴えない男、しかも、罪人じゃないか」

お玉は甲高い声で非難した。助次は玄助の着物の襟を摑み、

「てめえは男の屑《くず》だ。おとっつぁんのようだと慕っていたお衣の心を利用し、用がすめば虫けらのように手にかけるなんて、許せねえ。おまけに、おめえの根性がねじ曲がっていやがるのはお衣に女中仕事をやらせてたってことだ。まったく、おめえって男は……」

罵声《ばせい》と共に激しく揺さぶった。次いで、右手を上げる。安岡は助次が玄助を張り倒したところで、

「それくらいにしろ。あとは、番屋で聞く。おまえも一緒に来るんだ」

玄助とお玉に言った。玄助はうなだれ、お玉は不貞腐《ふてくさ》れたように頰を膨らませ、安岡に従った。安岡に二人が引き立てられて行くのを見ながら善次郎は大きく伸びをした。

「これで、全てが片付いたな」

「でも、あっしゃ、一向に気持ちが晴れませんや」

助次は恨めしそうに紺碧《こんぺき》の空を見上げた。夏燕《なつつばめ》が餌を求め、忙しく泳いでいた。


その晩、黒門町の自宅で、けじめとばかりに善次郎と助次は酒を酌み交わした。めったに酔わないうわばみの助次だが、今宵ばかりはお衣のことを嘆く口調は呂律《ろれつ》が回っていない。

「まったく、憐れなもんだ。情婦の振りをさせられ、実際は女中。それでも、お衣は玄助に父親を見ていたんだ。玄助がお玉と逢瀬を楽しむ家を守っていたんですよ」

「わかった。もう、お衣のことは忘れろ」

うんざりしたように善次郎が諫《いさ》めると助次は反発するように口を尖らせ、

「旦那には情ってもんがないんですか。そんな薄情なお人だとは思いませんでしたよ」

それから、浴びるように酒を飲み、いつしか鼾《いびき》をかき始めた。酔いつぶれるとはよほど、お衣の死が堪《こた》えたのだろう。善次郎は助次の寝顔を見ながらゆっくりと酒を飲んだ。そこへ、

「ごめんよ」

胸が疼《うず》いた。艶のある声音は観音のお竜に違いない。ほろ酔い加減も手伝って、

「入れよ」

返事をした声は上ずっていた。お竜は地味な木綿の単衣に紅色の帯を締め、手には五合徳利を提げていた。

「一通り、片付いたわね」

お竜は善次郎から茶碗を受け取り、手酌で持参の酒を注いだ。

「こんなもんしかねえが」

小皿に並んだ沢庵《たくわん》を差し出す。お竜は黙って沢庵を一切れ口に運んだ。沢庵を嚙む音までもが色っぽく思える。

「山村へ仕返しできたな」

「ああ、あのこと」

お竜は茶碗酒をあおり、
どこまでも乾いた口調だ。

「恨み、晴れたかい」

とたんにお竜は笑い出した。物憂げなお竜とは結びつかないあっけらかんとした笑

いっぷりだ。あっけに取られる善次郎を正面から見て、

「あんた、あの話、信じていたの。あたしが山村に手籠めにされたってこと」

「ええ……？　手籠めにされたんだろ」

「作り話だよ。あはは。あんた、意外と単純だね。御直参のお殿さまだよ、観音菩薩の彫り物を背負って賭場で壺振りをしている女に手を出すわけ、ないだろう」

お竜はおかしそうに笑い続ける。次第に腹が立ってくる。

「なんで、そんな嘘をついたんだ」

語調が強くなった。お竜は構わず笑い続けていたが、やがて真顔になり、

「あんたを助けたわけを聞かれただろ。だから、そんな話を作ったのさ」

「だから、なんで、そんな話を作ったんだ、って聞いているんだよ」

「気まぐれさ」

「気まぐれだと。ふざけるな。気まぐれで、命の危険を犯してろくに素性も知らない男を助けたのか」

お竜は黙っていたが目元を綻ばせた。ふう〜っと、軽く息を吐き、

「気まぐれじゃないさ。惚れたんだ、紅月善次郎って男にね。惚れた男を助けたくなるのはあたりまえだろ」

「……。惚れた、おれにか」

お竜の言葉が実感できない。頭の中が混乱した。酔っているのか。そう言えば、お竜の顔がぼやけて見える。お竜は腰を上げた。

「なら、これで失礼するよ」

善次郎も立ち上がり、

「待て、もう少し居てくれ。なあ、話をしよう」

だが、お竜は答えることもなくぴんと背筋を伸ばし、家を出た。たまらず、善次郎も裸足のまま路地に出た。

闇に月明かりを受けたお竜の背中がほの白く揺らめいている。

引き止めても無駄だろう。

お竜は惚れていると言ってくれた。それで、善次郎を助けたのだと。

「いや」

女は怖い。お玉を見ろ。いたいけな娘の顔の下に、したたかな思惑を秘めていたじゃないか。お竜の言ったことだって、そのまま素直に受け止めていいのか。現に、当初はしれっと作り話をした。すっかり騙された。人を騙すのが本職の自分があっさりと欺《あざむ》かれた。

己の未熟を責めるべきか、女の怖さを思い知るべきか。

「嘘でもいいさ」

今夜ばかりはお竜の言葉を信じよう。信じて楽しい夢を見よう。

「お竜、おれも、おまえに惚れてるぞ！」

声を限りに叫んだ。お竜の声はなく、野良犬の吠え声がやかましく響き渡った。

一〇〇字書評

切り取り線

購買動機（新聞、雑誌名を記入するか、あるいは○をつけてください）	
□（　　　　　　　　　　　）の広告を見て	
□（　　　　　　　　　　　）の書評を見て	
□ 知人のすすめで	□ タイトルに惹かれて
□ カバーがよかったから	□ 内容が面白そうだから
□ 好きな作家だから	□ 好きな分野の本だから

●最近、最も感銘を受けた作品名をお書きください

●あなたのお好きな作家名をお書きください

●その他、ご要望がありましたらお書きください

住所	〒				
氏名		職業		年齢	
Eメール	※携帯には配信できません	新刊情報等のメール配信を希望する・しない			

あなたにお願い

この本の感想を、編集部までお寄せいただけたらありがたく存じます。今後の企画の参考にさせていただきます。Eメールでも結構です。

いただいた「一〇〇字書評」は、新聞・雑誌等に紹介させていただくことがあります。その場合はお礼として特製図書カードを差し上げます。

前ページの原稿用紙に書評をお書きの上、切り取り、左記までお送り下さい。宛先の住所は不要です。

なお、ご記入いただいたお名前、ご住所等は、書評紹介の事前了解、謝礼のお届けのためだけに利用し、そのほかの目的のために利用することはありません。

〒一〇一―八七〇一
祥伝社文庫編集長　加藤　淳
☎〇三（三二六五）二〇八〇
bunko@shodensha.co.jp

祥伝社ホームページの「ブックレビュー」からも、書き込めます。
http://www.shodensha.co.jp/bookreview/

祥伝社文庫

上質のエンターテインメントを！　珠玉のエスプリを！

祥伝社文庫は創刊15周年を迎える2000年を機に、ここに新たな宣言をいたします。いつの世にも変わらない価値観、つまり「豊かな心」「深い知恵」「大きな楽しみ」に満ちた作品を厳選し、次代を拓く書下ろし作品を大胆に起用し、読者の皆様の心に響く文庫を目指します。どうぞご意見、ご希望を編集部までお寄せくださるよう、お願いいたします。

2000年1月1日　　祥伝社文庫編集部

賄賂千両《まいないせんりょう》　蔵宿師善次郎《くらやどしぜんじろう》　長編時代小説

平成22年4月20日　初版第1刷発行

著者　早《はや》見《み》　俊《しゅん》

発行者　竹内和芳

発行所　祥《しょう》伝《でん》社《しゃ》

東京都千代田区神田神保町3-6-5
九段尚学ビル　〒101-8701
☎03(3265)2081(販売部)
☎03(3265)2080(編集部)
☎03(3265)3622(業務部)

印刷所　堀内印刷

製本所　関川製本

ISBN978-4-396-33575-5 C0193

祥伝社のホームページ・http://www.shodensha.co.jp/

祥伝社文庫

風野真知雄
勝小吉事件帖 喧嘩御家人
勝海舟の父、最強にして最低の親ばか小吉が座敷牢から難事件をバッタバッタと解決する。

風野真知雄
罰当《ばち》て侍 最後の赤穂浪士 寺坂吉右衛門
赤穂浪士ただ一人の生き残り、寺坂吉右衛門。そんな彼の前に奇妙な事件が舞い込んだ。あの剣の冴えを再び…。

川田弥一郎
江戸の検死官 北町同心謎解き控
鳩尾《みぞおち》に殴打の痕。拳の大きさから下手人と疑われた男は…。〝死体が語る〟謎を解く！

坂岡　真
のうらく侍
やる気のない与力が〝正義〟に目覚めた！　無気力無能の「のうらく者」が剣客として再び立ち上がる。

坂岡　真
百石手鼻《ひやっこくてばな》 のうらく侍御用箱
愚直に生きる百石侍。のうらく者・桃之進が魅せられたその男とは。正義の剣で悪を討つ。傑作時代小説、第二弾！

髙田　郁《かおる》
出世花
無念の死を遂げた父の遺言で名を変えた娘・縁の成長を、透明感溢れる筆致で描く時代小説。

祥伝社文庫・黄金文庫　今月の新刊

宇江佐真理　**十日えびす**
お江戸日本橋でたくましく生きる母娘を描く――

荒山　徹　**忍法さだめうつし**
日朝間の歴史の闇を、壮大無比の奇想で抉る時代伝奇！

鳥羽　亮　**地獄の沙汰**　闇の用心棒
三年が経ち、殺し人の新たな戦いが幕を開ける。

鈴木英治　**闇の陣羽織**
定町廻りと新米中間が怪しき伝承に迫る！

井川香四郎　**鬼縛り**　天下泰平かぶき旅
お宝探しに人助け、天下泰平が東海道をゆく

坂岡　真　**恨み骨《こつ》髄《ずい》**　のうらく侍御用箱
〝のうらく侍〟桃之進、金の亡者に立ち向かう！

早見　俊　**賄《まい》賂《ない》千両**　蔵宿師善次郎
その男、厚情にして大胆不敵！

逆《さかさ》井《い》辰一郎　**雪花菜《きらず》の女**　見懲らし同心事件帖
男の愚かさ、女の儚さ。義理人情と剣が光る。

芦川淳一　**からけつ用心棒**　曲斬り陣九郎
困った武家娘を追って迫る敵から、曲斬り剣が守る！

石田　健　**1日1分！ 英字新聞エクスプレス**
累計50万部！　いつでもどこでもサクッと勉強！

上田武司　プロ野球スカウトが教える　**一流になる選手 消える選手**
一流になる条件とはなにか？ プロ野球の見かたが変わる！

カワムラタマミ　**からだはみんな知っている**
からだとこころがほぐれるともっと自分を発揮できる。

小林由枝　**京都をてくてく**
好評「お散歩」シリーズ第二弾！ 歩いて見つけるあなただけの京都。